ROMEON

VERLAG

Helion – Gefangen auf dem Planeten Erde

1. Auflage, erschienen 5-2022

Umschlaggestaltung: Romeon Verlag
Text: Alfred Frankenbach
Layout: Romeon Verlag

ISBN: 978-3-96229-371-0

www.romeon-verlag.de
Copyright © Romeon Verlag, Jüchen

Bibliografische Information der Deutschen Nationalbibliothek:
Die Deutsche Nationalbibliothek verzeichnet diese Publikation in der Deutschen Nationalbibliografie; detaillierte bibliografische Daten sind im Internet über *http://dnb.dnb.de* abrufbar.

Alfred Frankenbach

GEFANGEN AUF DEM PLANETEN ERDE

Die zwölfjährige Lena Franke und ihr um zwei Jahre älterer Bruder Marco sind früher aus der Schule gekommen, da über Rundfunk und Fernsehen starke Unwetter mit Sturmwarnung für heute angekündigt wurden. Die Schulleitung hat deshalb beschlossen, die Kinder früher nach Hause zu schicken. Bis jetzt ist aber noch alles ruhig. Es herrscht völlige Windstille – eine eher unheimliche Stille.

Marco geht auf die Terrasse und schaut zum Himmel. Quellwolken türmen sich auf. Die Schwüle ist geradezu erdrückend. Am Horizont sieht er, dass dunkle Wolken wie eine schwarze Wand langsam näher kommen. Lena ist ihm auf die Terrasse gefolgt und äußert sich besorgt: »Das sieht ja schlimm, geradezu beängstigend aus!«

Marco nickt zustimmend und meint: »Es wird nicht mehr lange dauern, bis das Gewitter hier ist.« Leises Donnern ist zu hören. Irgendwie klingt es bedrohlich. Wind kommt auf. Im nahe gelegenen Wald sieht man, wie sich die Baumkronen immer kräftiger hin und her bewegen. Das Rauschen der Bäume nimmt an Stärke zu. Die ersten Regentropfen fallen. Lena und Marco gehen zurück ins Haus.

Die Mutter ruft: »Habt ihr in euren Zimmern die Fenster geschlossen?« Eilig laufen die beiden auf ihre Zimmer, um nachzuschauen. Es wird zusehends dunkler. Die Mutter hat das Licht angemacht. Beim Fernsehgerät und der Musikanlage zieht sie Stecker und Antennenkabel heraus. Marco schaltet den Computer aus und zieht ebenfalls den Stecker aus der Steckdose.

Lena ist in ihr Zimmer gegangen. Marco steht hinter der Terrassentür und schaut hinüber zum Wald. Der Mischlingshund Fellow – er wurde vor einem Jahr verletzt und halb verhungert von Lena gefunden und gesund gepflegt – sitzt neben ihm.

Plötzlich lässt ein greller Blitz Marco erschrocken zurückspringen. Im gleichen Moment ist ein ohrenbetäubender Donnerschlag zu hören. Jaulend flüchtet Fellow unter den Couchtisch. Das Licht ist ausgegangen. Lena kommt verängstigt zur Tür hereingestürzt. Die Mutter beruhigt sie: »Hier im Haus brauchst du keine Angst zu haben.« »Ja, ich weiß«, meint Lena und schaut dabei ängstlich zum Fenster. »Ich möchte aber bei so einem Unwetter nicht alleine sein.«

Marco ist wieder zur Terrassentür gegangen. Ein orkanartiger Sturm treibt den Regen, der mittlerweile zu einem Wolkenbruch angewachsen ist, fast waagrecht durch die Luft. Es blitzt und donnert unaufhörlich.

Plötzlich sieht Marco, wie drüben am Waldrand eine Buche zu Boden stürzt. Zu seinem Schreck erkennt er, dass der Baum auf die Straße gefallen ist. Bei der Jugendfeuerwehr hat er gelernt, dass man bei gefährlichen Situationen schnell und überlegt handeln, dabei aber ruhig und sachlich bleiben soll.

Er läuft zum Telefon und wählt die Notrufnummer 112. Als sich am anderen Ende ein Mann meldet, nennt Marco Name und Adresse. Dann beschreibt er den genauen Ort, wo der Baum auf die Straße gestürzt ist.

Es dauert keine fünf Minuten, bis ein Feuerwehrauto mit Blaulicht und Martinshorn vor Ort ist und die Straße absperrt. Kurz darauf ist auch ein Polizeiauto da. Es hat ebenfalls das Blaulicht eingeschaltet. Beruhigt stellt Marco fest, dass die Gefahrenstelle jetzt so abgesichert ist, dass kein Unfall passieren kann.

Nach einer Stunde lassen Sturm und Regen nach. Die Feuerwehrleute haben inzwischen den Baumstamm zersägt und von der Straße geräumt. Anschließend verlassen sie und die Polizei den Einsatzort.

Nachdem das Gewitter abgezogen und die Sonne wieder zu sehen ist, will Marco sich die Sache im Wald einmal aus der Nähe ansehen.

»Sei aber bitte vorsichtig«, mahnt die Mutter, bevor Marco zum Wald hinübergeht.

Als er zu dem umgestürzten Baum kommt, sieht er, dass dieser mit der Wurzel aus der Erde gerissen wurde. Es ist schon seltsam, denkt sich Marco, dass ausgerechnet einer der kräftigsten Bäume umgefallen ist. Interessiert betrachtet er die senkrecht stehende Wurzel.

In der Mitte sieht er eine rechteckige Stelle, die vollkommen frei von Wurzeln ist. Sie hat die Größe eines Zeichenblocks. Er will sich gerade abwenden, um wieder zurückzugehen, als ein Stück des Waldbodens von dieser Stelle herunterfällt.

Erstaunt sieht er dort ein schwaches bläuliches Licht. Neugierig geht er näher heran, um die Stelle genauer zu betrachten. Mit einem Stock entfernt er vorsichtig den restlichen Waldboden.

Er erkennt eine etwa zehn Millimeter dicke Steinplatte von der Größe einer Postkarte. Einige Ecken sind herausgebrochen. Von der blauen Farbe ist nichts mehr zu sehen.

Wissbegierig nimmt er seinen Fund in die Hand und betrachtet ihn von allen Seiten. Wegen der Verschmutzung kann er nichts Auffälliges erkennen. Zuerst will er die Steinplatte wegwerfen, doch dann denkt er an das blaue Licht. War es vielleicht nur ein Lichtreflex, den er gesehen hat, überlegt er, oder ist doch etwas Besonderes daran?

Er will sich gerade auf den Heimweg machen, als er seltsame Stimmen vernimmt. Sie kommen von der Stelle, wo der Baum gestanden hat. Marco vermutet, dass er eventuell etwas anderes gehört hat, doch sicher ist er sich nicht.

Lena ist ihm gefolgt und ruft schon von Weitem: »Hallo Marco, komm nach Hause, wir haben Besuch.« Marco ist noch so in Gedanken vertieft, dass er gar nicht auf die Rufe seiner Schwester reagiert. Erst als Fellow ihn mit einem freundlichen Schubsen in die Kniekehle begrüßt, weicht die Anspannung von ihm. Mittlerweile ist Lena ebenfalls bei Marco angekommen.

»Was hast du da gefunden?«, will sie wissen und zeigt dabei auf die verschmutzte Steinplatte in seiner Hand.

»Die war in der Wurzel von dem umgestürzten Baum.« »Und was willst du mit dem dreckigen Ding machen?«, fragt Lena weiter. »Ich werde es mit nach Hause nehmen – einfach so.« Um von dem Gespräch abzulenken, fragt er: »Warum bist du eigentlich hergekommen?«

»Onkel Heinz ist zu Besuch und möchte dich gerne sehen.« »Will er länger bleiben?«

»Nein – er hat geschäftlich in unserer Nähe etwas zu erledigen und macht deshalb nur einen Kurzbesuch. Aus diesem Grunde soll ich dich rufen, weil er nicht lange bleiben kann.«

»Onkel Heinz ist doch Archäologe«, murmelt Marco leise vor sich hin und schaut dabei auf die Steinplatte in seiner Hand. Lena hat mitbekommen, was ihr Bruder gerade gesagt hat, und spricht ihn darauf an: »Du willst doch Onkel Heinz wohl nicht wegen dieser schmutzigen Platte befragen?« »Warum nicht? Archäologen sind es doch gewohnt, im Dreck zu arbeiten.« »Wie du meinst«, gibt Lena sich geschlagen. »Hoffentlich blamierst du dich nicht.«

Nachdem sie zu Hause sind, wäscht Marco zuerst im Bad den Schmutz von seinen Händen und der Platte. Dann geht er ins Wohnzimmer, wo Onkel Heinz und die Mutter sich unterhalten.

Erstaunt stellt der Onkel fest: »Hallo Marco, du bist ja ein richtiger junger Mann geworden. Als ich dich zum letzten Mal gesehen habe, warst du noch einen Kopf kleiner.«

Ohne darauf zu antworten, setzt Marco sich neben den Onkel: »Du bist doch Archäologe.« »Ja – das ist mein Beruf.« Ungeduldig rutscht Marco auf seinem Stuhl hin und her: »Bestimmt kannst du mir dann sagen, was diese Steinplatte für eine Bedeutung haben könnte.« Nachdem Marco seinem Onkel die Platte gegeben hat, betrachtet sich dieser aufmerksam das Fundstück. »Wo hast du sie gefunden?«, will der Onkel wissen. »Ich habe sie unter einem umgestürzten Baum entdeckt.« »Was ich hier sehe, ist äußerst merkwürdig«, wundert sich der Onkel. »Was meinst du damit?«, schaltet sich jetzt die Mutter in das Gespräch mit ein. »Hier sind Zeichen zu sehen, die mir vollkommen fremd sind und für die ich auch keine Erklärung habe. Außerdem bin ich davon überzeugt, dass dieser Fund nur ein Teilstück ist. Bestimmt liegen an der Fundstelle noch mehrere Teile davon.«

Neugierig nimmt Marco die Platte seinem Onkel aus der Hand. Jetzt, nachdem sie gesäubert ist, erkennt auch er die seltsamen Zeichen. Es sind gerade und gebogene Linien zu sehen. Andere Zeichen sehen aus wie eine unbekannte Schrift. Ein Kreuz ist ebenfalls zu erkennen.

»Morgen werde ich noch einmal zu der Stelle gehen und nach weiteren Stücken suchen«, meint Marco.

Der Onkel schaut auf seine Uhr »Ich muss jetzt wieder weg. Solltest du noch andere Teile finden, kannst du ja ein Foto machen und es mir zufaxen. Vielleicht kann ich dann etwas mehr dazu sagen.«

»Geht in Ordnung – das werde ich bestimmt machen«, ist Marco begeistert.

Nachdem der Onkel weggefahren ist, fragt Lena, die ohne etwas zu sagen dem Gespräch gefolgt war: »Können Fellow und ich dir beim Suchen helfen?« »Natürlich – schließlich sehen sechs Augen mehr als zwei. Vielleicht spürt Fellow ja mit seiner Nase einige Teile auf.«

Am nächsten Tag gehen sie auf die Suche. Marco hat ein kleines Stemmeisen und Lena einen Spaten dabei. Das gestern gefundene Teil nehmen sie in einer Plastiktüte mit. Während Marco vorsichtig den Waldboden aus der Baumwurzel entfernt, gräbt Lena mit dem Spaten behutsam in der Vertiefung, wo der Baum gestanden hat.

Plötzlich ruft sie freudestrahlend: »Ich habe hier etwas gefunden!« Triumphierend hebt sie ein Plattenstück hoch, das dem anderen ähnlich ist. Marco lässt sein Stemmeisen fallen und nimmt das gefundene Teil in die Hand. Aufgeregt holt er eilig das mitgebrachte Stück aus der Plastiktasche, um festzustellen, ob die beiden Teile zusammengehören. »Sie passen zueinander!«, ruft Marco begeistert. »Jetzt müssen wir auch noch den Rest finden.«

Ihr Hund Fellow, der die ganze Zeit zugeschaut hat, spürt anscheinend die gespannte Erregung der beiden. Neugierig beschnuppert er die zwei Steinplatten, die Marco auf den Boden gelegt hat. So als wollte er bei der Suche mithelfen, wühlt er mit seinen Vorderpfoten im Boden. An einer Stelle schnüffelt er mit seiner Nase und scharrt dann mit den Vorderbeinen die Erde weg.

»Hast du etwas gefunden?«, fragt Lena erwartungsvoll und fängt an der Stelle an zu graben. Ihr Spaten stößt auf einen harten Gegenstand. Sie bittet ihren Bruder: »Marco, suche du weiter – mir ist das zu schwer.«

Marco nimmt den Spaten und findet tatsächlich einen weiteren Teil der Steinplatte. Auch dieser passt zu den anderen Bruchstücken. Vor Aufregung und Anstrengung steht ihm der Schweiß auf der Stirn. Er streicht Fellow über den Kopf und lobt ihn: »Das hast du prima gemacht.« »Jetzt fehlt nur noch ein kleines Stück«, stellt Lena fest. »Hoffentlich finden wir das auch noch.« Und zu Fellow gewandt fordert sie diesen auf: »Suche weiter, vielleicht findest du auch den letzten Teil.« Als hätte der Hund sie verstanden, untersucht er mit seiner Nase die gesamte Stelle, wo der Baum aus der Erde gerissen wurde, kann aber nichts finden.

»Ich werde weiter in den Wurzeln suchen«, sagt Marco. Er nimmt wieder das Stemmeisen und entfernt damit mühsam den Waldboden aus dem Wurzelgeflecht. Die Arbeit ist so anstrengend, dass er immer öfter eine Pause einlegen muss. »Ich glaube fast nicht mehr daran, den letzten Teil zu finden.« Müde setzt er sich auf einen Baumstumpf. Auch Lena ruht sich auf einem Baumstamm aus. In Gedanken versunken und etwas entmutigt rührt sie mit dem Spaten im Laub herum.

Plötzlich stößt sie auf einen harten Gegenstand. »Hier ist etwas!«, ruft sie. »Steine gibt es doch hier überall«, erwidert Marco wenig beeindruckt. In seiner Stimme liegt nicht viel Hoffnung. Lena ist aufgestanden: »Ich werde trotzdem einmal nachschauen.« Mit der Hand entfernt sie zuerst das Laub und fängt dann in dem lockeren Boden an zu graben. Es dauert gar nicht lange, als sie einen Freudenschrei ausstößt: »Juhu, ich habe das fehlende Teil gefunden!« Marco ist aufgesprungen. Außer sich vor Freude betrachtet er das freigelegte Teilstück. Anerkennend klopft er seiner Schwester auf die Schulter: »Das hast du super gemacht. An dieser Stelle hätte ich das Teil nie vermutet.«

Zufrieden machen sie sich auf den Heimweg. Nachdem sie ihre Fundstücke sauber gewaschen haben, setzen Marco und Lena die Teile sorgfältig zusammen.

Dann passiert etwas, das die beiden in grenzenloses Staunen versetzt.

Wie von Geisterhand verbinden sich die Teile von selbst. Die jetzt rechteckige Platte hat die Größe eines Zeichenblocks. In der Mitte erkennen die beiden zwei Kreuze von unterschiedlicher Größe.

»Hier ist wohl ein wichtiges Zeichen von irgendwas«, vermutet Marco und tippt mit seinem Zeigefinger auf das größere Kreuz.

In dem Moment als Marco das Kreuz berührt, bekommt die zusammengesetzte Platte ein leuchtendes Blau.

»Das ist ja unfassbar«, ruft Lena erstaunt. »Wie ist so etwas möglich?« Auch Marco starrt fassungslos auf die Platte. Leise bringt er nur heraus: »Dann habe ich mich also doch nicht geirrt.«

»Was meinst du damit?«, will Lena wissen. Marco erklärt ihr, dass er das leuchtende Blau schon beim ersten Fund gesehen hat. »Warum hast du nichts davon erzählt?«, fragt Lena und schaut ihren Bruder dabei etwas vorwurfsvoll an. Entschuldigend hebt Marco die Arme: »Ich war mir nicht sicher; es hätte ja auch ein Lichtreflex sein können.«

Nachdem er das kleinere Kreuz berührt hat, ist die blaue Farbe wieder verschwunden.

»Das geht hier doch nicht mit rechten Dingen zu«, wundert sich Lena. Sie geht einige Schritte zurück und schaut ungläubig zu Marco, der ebenfalls mit ratlosem Gesichtsausdruck dasteht. In diesem Moment kommt der Vater zur Tür herein. Er hatte am Abend zuvor von dem Fund gehört.

»Na, ihr beiden, wie weit seid ihr mit euren Ausgrabungen gekommen?« »Wir haben alle Teile gefunden«, berichtet Marco stolz und zeigt auf die zusammengefügte Steinplatte. »Jetzt haben wir aber ein Problem«, wirft Lena ein. »Probleme sind da, um gelöst zu werden«, meint der Vater und schaut sich die Platte an.

»Wie kann ich euch helfen?« »Das wird nicht einfach sein«, stellt Marco fest. Nachdem er das größere Kreuz berührt hat und der Vater die Platte im leuchtenden Blau sieht, ist dieser doch sehr erstaunt.

»Da gibt es tatsächlich ein Rätsel zu knacken«, meint der Vater, und streift sich nachdenklich über das Kinn. »Leider kann ich euch in den nächsten Tagen nicht helfen, das Rätsel zu lösen, denn, wie ihr ja wisst, machen Mutti und ich morgen einen zweitägigen Betriebsausflug. Wir kommen erst am Sonntagabend wieder zurück.« »Bis dahin haben wir bestimmt eine Antwort gefunden«, ist Marco überzeugt. »Macht aber keine unüberlegten Experimente«, warnt der Vater. »Wir passen schon auf uns auf«, sagt Lena. »Mit Fellow haben wir ja einen zuverlässigen Aufseher.«

Nachdem am Samstagmorgen die Eltern abgereist sind, holt Marco die Steinplatte aus seinem Zimmer, legt sie auf den Küchentisch und betrachtet sie noch einmal ganz genau. Lena ist hereingekommen und fragt: »Was hast du jetzt vor?« Nach kurzem Zögern meint er: »Wir sollten mit der Platte noch einmal zu der Stelle gehen, wo wir sie gefunden haben. Vielleicht ist dort das Rätsel am besten zu lösen.«

»Da könntest du recht haben«, stimmt Lena ihrem Bruder zu. »Warte bitte einen Moment – ich hole erst noch Fellow. Außerdem will ich mein Handy mitnehmen. Es könnte ja jemand anrufen.« Marco klopft auf seine Brusttasche: »Ich habe mein Handy auch dabei.«

Zehn Minuten später sind sie am Fundort angekommen. Marco holt die Steinplatte aus der Plastiktasche und legt sie an die Stelle, wo der Baum gestanden hatte. Lena und Fellow stehen einige Meter von ihm entfernt.

»Was willst du jetzt machen?« Lena schaut ihren Bruder fragend an. Mit einem hilflosen Schulterzucken meint Marco: »Das weiß ich selbst noch nicht. Mal sehen, was passiert, wenn ich das große Kreuz berühre.«

Nun überschlagen sich die Ereignisse. Nachdem Marco die Platte berührt hat, öffnet sich der Boden unter seinen Füßen und er verschwindet blitzschnell in der Öffnung. Das geschieht so schnell, dass er keine Chance hat, sich in Sicherheit zu bringen. So schnell wie der Boden sich geöffnet hat, schließt er sich auch wieder.

Mit entsetzt aufgerissenen Augen starrt Lena auf die Stelle, wo ihr Bruder so plötzlich verschwunden ist. Sie ist so geschockt, dass sie wie gelähmt und geistesabwesend dasteht. Erst das Jaulen von Fellow holt sie in die Wirklichkeit zurück. Laut schreit sie: »Um Gottes willen, Marco, wo bist du – kannst du mich hören?« Doch es bleibt still. Tränen rollen ihr über die Wangen. »Hätten wir doch diese verdammten Steine nie gefunden!«, schluchzt sie.

Als sie verzweifelt überlegt, was sie unternehmen könnte, klingelt plötzlich ihr Handy. Es dauert eine ganze Weile, bis sie begreift, dass jemand anruft. Ihre Hände zittern so stark, dass sie nur mit Mühe die Hörertaste zum Annehmen des Gesprächs drücken kann.

»Wer ist da?«, kommt es gequält über ihre Lippen.

»Hallo Lena – kannst du mich hören?«

Lena springt auf und fällt fast über einen Ast. »MARCO!« ruft sie. »Marco, um Himmels willen, wo bist du? Ist dir etwas passiert?«

»Mir geht es prima. Ich bin hier in einer wunderschönen Höhle. Alles schimmert in einem herrlichen Blau.«

»Kannst du irgendwo einen Ausgang aus dieser Höhle sehen?« Für einige Minuten kann Lena nichts hören. Verängstigt ruft sie: »Marco – bitte melde dich doch!« Dann hört sie wieder die Stimme ihres Bruders: »Eigentlich will ich hier gar nicht weg. Es ist alles so wunderbar hier.«

Fieberhaft überlegt Lena, was sie jetzt machen soll. Das seltsame Verhalten ihres Bruders beunruhigt sie doch sehr. Da kommt ihr eine Idee. Sie ruft ins Handy: »Hallo Marco, hast du die Steinplatte bei dir?« »Ja, sie liegt vor mir auf dem Boden.« »Gut«, sagt Lena und versucht dabei ruhig zu bleiben. »Nimm bitte die Platte in die Hand und berühre das kleine Kreuz.«

»Warum?«, will Marco wissen.

»Weil ich gerne etwas ausprobieren möchte«, antwortet Lena. Nach einer Weile hört sie Marco sprechen: »Na gut – um dir einen Gefallen zu tun, werde ich jetzt auf das kleine Kreuz drücken.«

Im gleichen Moment öffnet sich wieder der Boden und Marco kommt, wie von einer Feder geschnellt, aus der Öffnung. Er fliegt dabei fast einen halben Meter hoch. Blitzschnell schließt sich die Öffnung wieder, sodass Marco auf festem Boden landet.

Mit ausgebreiteten Armen läuft Lena zu ihrem Bruder und fällt ihm um den Hals. »Du hast mir vielleicht einen Schreck eingejagt!« Ihre erregte Stimme besteht aus einer Mischung von Lachen und Weinen.

Marco sieht seine Schwester erstaunt an und fragt: »Was hast du denn – ist etwas nicht in Ordnung?«

»Nicht in Ordnung?«, wiederholt Lena und schaut Marco ungläubig an.

»Du verschwindest einfach im Erdboden, tauchst plötzlich wieder auf und fragst mich, ob etwas nicht in Ordnung ist?!« Wütend dreht Lena sich um, geht wenige Schritte weiter und setzt sich schmollend auf einen Baumstamm.

Marco, der immer noch wie angewurzelt mit der Steinplatte in der Hand vor ihr steht, kann sich Lenas Verhalten nicht erklären. Langsam geht er zu ihr hin und setzt sich neben sie. Fellow legt sich vor den beiden hin und schaut sie so an, als wolle er sagen, bitte vertragt euch wieder.

Nach einer Weile des Schweigens beginnt Marco zögernd: »Warum bist so böse auf mich? Was habe ich getan, dass du dich so ärgerst?«

Verwundert und leicht irritiert erwidert Lena: »Weißt du denn nicht, was eben mit dir passiert ist, nachdem du auf das große Kreuz gedrückt hast?

»Nein«, gibt sich Marco überrascht. »Als ich das Kreuz berührte, habe ich um mich herum alles in blauer Farbe gesehen. Das war aber nur für einen ganz kurzen Moment. Dann bist du mir um den Hals gefallen. Mehr weiß ich nicht.«

Verständnislos schaut Lena ihren Bruder an: »Das ist ja alles sehr merkwürdig.«

»Wieso merkwürdig?«, wundert sich Marco. »Sage mir doch endlich, was dich so aufregt.«

Als Lena ihm erzählt, was geschehen ist, kommt Marco nicht mehr aus dem Staunen heraus. Mit ungläubigem Blick deutet er auf die Stelle, wo der Baum gestanden hat: »Und du sagst, ich war länger als eine Viertelstunde dort verschwunden?!«

»Ja, so ist es gewesen«, beteuert Lena.

Marco ist sichtlich betroffen. Nach einer Weile meint er: »Wenn das stimmt, dann muss die Zeit dort, wo ich war, anders verlaufen als hier oben.«

Verständnislos fragt Lena: »Wie meinst du das?«

»Ist doch ganz einfach«, belehrt sie Marco. »Wenn ich länger als eine Viertelstunde weg war, für mich das Ganze aber nur wenige Sekunden gedauert hat, vergeht die Zeit dort unten viel langsamer als hier oben.«

Kopfschüttelnd steht Lena da: »Das ist mir zu hoch, das begreife ich nicht.«

»Ich verstehe das auch nicht«, stimmt Marco ihr zu. Dann hat er eine Idee: »Auf unseren Handys kann man doch die Uhrzeit ablesen. Was zeigt dein Handy an?«

»Bei mir ist es 11.19 Uhr.«

»Siehst du – ich habe richtig vermutet«, stellt Marco fest. »Auf meinem Handy steht 11.03 Uhr. Das heißt – ich war für sechzehn Minuten irgendwo dort unten.«

Lena ist leicht schockiert: »Das ist ja unfassbar – das glaubt uns kein Mensch.«

Marco nickt zustimmend: »Deshalb werden wir erst gar nicht mit jemandem darüber sprechen.«

»Auch nicht mit Onkel Heinz?«, fragt Lena.

»Ich glaube nicht, dass er als Archäologe mit solchen unerklärlichen Erscheinungen etwas anfangen kann«, ist Marco überzeugt.

»Dann wird es wohl das Beste sein, wenn wir jetzt nach Hause gehen und die ganze Sache vergessen.« Lena deutet an, dass sie gehen möchte.

»Bleibe bitte noch einen Moment hier«, fordert Marco seine Schwester auf.

Sie schaut ihn mit einem fragenden Blick an: »Was hast du vor – du willst doch wohl nicht noch einmal in diese Höhle hinab?! Vater hat gesagt, wir sollen keine unüberlegten Experimente machen.«

Ohne auf Lenas mahnenden Worte zu reagieren, zeigt Marco auf die Steintafel in seiner Hand. »Ich bin überzeugt, es ist kein Zufall, dass wir diese Platte hier gefunden haben. Wer auch immer es ist – derjenige wollte, dass wir die Platte finden. Um festzustellen, wer dahintersteckt, werde ich diese Höhle noch einmal besuchen.«

Lena ist überrascht, mit welcher Entschlossenheit Marco gesprochen hat. Nach kurzer Überlegung sagt sie mit einer Bestimmtheit, die Marco bisher bei ihr noch nicht kannte: »Dann werden Fellow und ich mitkommen.«

Nach einer Weile des Nachdenkens äußert sich Marco etwas erleichtert: »Geht in Ordnung – vielleicht ist es sogar besser so.«

Als sie an der Stelle angekommen sind, wo der Baum gestanden hat und Marco auf das größere Kreuz drücken will, ruft Lena: »Warte noch einen Moment – mir kommt gerade eine Idee. Es könnte doch sein, wenn du auf das kleine Kreuz drückst, dass der Zeitablauf umgekehrt verläuft – hier oben langsamer und in der Höhle schneller.«

»Gute Idee«, lobt Marco seine Schwester. »Dann könnten wir uns dort unten in aller Ruhe umsehen, ohne Zeit zu verlieren.«

»Am besten wir machen zuerst einen Test«, schlägt Lena vor.

»Gut – das machen wir«, ist Marco einverstanden. »Ich werde es aber zuerst alleine testen. Gehe bitte mit Fellow einige Meter von hier weg.«

Nachdem Lena und ihr Hund sich einige Schritte entfernt haben, berührt Marco auf der Steinplatte das kleine Kreuz und ist im selben Moment verschwunden.

Er befindet sich wieder in der gleichen Höhle. Beim ersten Mal hatte er sich nicht von der Stelle bewegt. Jetzt geht er, nachdem er sich ausgiebig umgeschaut hat, in Richtung Höhlenmitte. Dort befindet sich eine etwa drei Meter hohe Felssäule. Als Marco sich nähert, sieht er auf der Spitze ein rotes Licht blinken.

Erstaunt und etwas überrascht bleibt er stehen. Plötzlich hört er Stimmen. Es sind die gleichen Stimmen, die er schon einmal gehört hatte – nun aber viel lauter. Sie scheinen von überallher zu kommen. Erschrocken dreht sich Marco nach allen Seiten um, kann aber niemanden sehen. Die Stimmen überschlagen sich so in der Höhle, dass er kein Wort versteht. Irritiert, und auch ein wenig ängstlich, geht Marco einige Schritte zurück. Jetzt erlischt das rote Licht und es ist wieder still.

Mutig ruft er: »Hallo – wer und wo seid ihr? Hier habe ich etwas, das möglicherweise euch gehört.« Mit der einen Hand hält er die Steinplatte hoch und deutet mit der anderen darauf: »Das habe ich gefunden. Wenn es euch gehört, könnt ihr es haben.«

Nachdem Marco noch einige Minuten gewartet hat, sich aber nichts rührt, sagt er leise vor sich hin: »Na gut – dann werde ich jetzt wieder verschwinden.« Er nimmt die Hand mit der Platte herab und will auf das kleine Kreuz drücken. In dem Moment vernimmt er wieder eine Stimme.

Diesmal ist sie klar und deutlich zu verstehen, sie scheint aus der Steinsäule zu kommen: »Warte noch einen Augenblick. Lege bitte die Platte auf den Boden und gehe einige Schritte zurück.«

Marco tut wie geheißen. Zu seiner Überraschung sieht er, wie ein heller Lichtstrahl, der von der Steinsäule kommt, die Steinplatte abtastet. Nach etwa drei Minuten ist das Licht verschwunden und die Stimme ist wieder zu hören: »Wo hast du diese Platte gefunden?«

Wahrheitsgemäß antwortet Marco: »Sie lag unter einer Buche und war in mehrere Teile zerbrochen. Nur weil der Baum umgestürzt ist, konnte ich die einzelnen Teile finden und zusammensetzen.«

Eine ganze Weile bleibt es still. Dann hört Marco wieder die Stimme: »Uns wurde dieses Objekt vor sehr langer Zeit gestohlen. Seitdem sind wir hier in dieser Höhle als körperlose Wesen gefangen. Mithilfe dieser Steinplatte – es ist eigentlich ein behelfsmäßiges Schalt- und Steuerpult – könnten wir unsere frühere Gestalt wiederbekommen.

»Ich würde euch ja gerne helfen, aber ich weiß nicht, wie«, ruft Marco in Richtung der Steinsäule und hebt dabei hilflos die Arme. »Außerdem weiß ich nicht, wer ihr seid und woher ihr kommt.«

»Wir kommen vom Planeten Novis«, hört Marco wieder die Stimme. »Novis gehört zum Sonnensystem Alpha Centauri. Wir mussten von dort flüchten, weil das kriegerische Volk vom Nachbarplaneten Ares uns überfallen hat. Viele unserer Bewohner wurden getötet oder müssen jetzt als Sklaven arbeiten.«

»Womit konntet ihr fliehen und eine so große Strecke zurücklegen?«, will Marco wissen. »Und wer hat euch diese Steinplatte gestohlen?«

»Mit dem einzigen noch intakten Raumschiff konnten wir fliehen. Unsere Flucht wurde aber von den Aresianern entdeckt. Sie verfolgten uns bis hier zu eurer Erde. Zum Glück haben sie unser Raumschiff nicht gefunden. Wir bauten die Schalttafel ab, damit das Raumschiff nicht gestartet werden kann, und machten uns auf die Suche nach einem Ort, der für uns geeignet schien. Bei unserer Suche waren wir für einen Moment nicht vorsichtig genug und wurden von den Aresianern entdeckt und überfallen.

Sie nahmen uns die Platte ab und wollten wissen, wo unser Raumschiff ist. Obwohl sie uns quälten, haben wir es ihnen nicht verraten. Aus Rache darüber vergruben sie die Platte und pflanzten einen Baum darauf. Dann brachten sie uns hier in diese Höhle. Wir sind seitdem hilflos gefangen.«

Bewegt und sichtlich beeindruckt hat Marco zugehört. Dann fragt er: »Wo sind die Aresianer jetzt?«

»Sie haben uns gesagt, dass sie wieder zu unserem Planeten fliegen und unsere Familien ‚besonders‘ behandeln werden. Du kannst dir denken, was das bedeutet. Wir machen uns große Sorgen um unsere Angehörigen.«

Marco ist schockiert. Er empfindet großes Mitleid mit dem körperlosen und dadurch zur Untätigkeit gezwungenen Wesen: »Das ist ja furchtbar für euch! Sagt mir, wie ich euch helfen kann.«

Nach einer Weile meldet sich wieder die Stimme: »Zuerst musst du das Raumschiff finden. Darin befindet sich ein Gerät, mit dem wir unsere Gestalt wiedererlangen können. Es ist eine schwarze Kiste, auf der ein großes N steht. Bringe sie bitte hier in diese Höhle.«

»Das will ich ja gerne machen«, gibt sich Marco hilfsbereit, »aber wenn die Aresianer euer Raumschiff schon nicht gefunden haben – wie soll ich es dann finden?«

»Wenn du wieder oben bist«, hört Marco die Stimme, »gehe bitte etwa hundert Schritte den Berg hoch. Du kommst dann auf einen Weg. Gehe auf diesem Weg so lange in die Richtung, wo die Sonne untergeht, bis du mehrere Erdhügel siehst. Sie wurden wahrscheinlich beim Bau dieses Waldweges dort aufgeschüttet. Unter einem dieser Hügel haben wir unser Raumschiff versteckt.«

Marco hat aufmerksam zugehört und fragt: »Wenn ich das Raumschiff wirklich finden sollte – wie komme ich dort hinein?«

»Nimm die Schalttafel mit. Solltest du das Raumschiff finden, drücke zweimal auf das kleine und dreimal auf das große Kreuz.«

»Geht in Ordnung«, gibt sich Marco zuversichtlich. »Ich werde jetzt wieder nach oben verschwinden und hoffentlich mit dem gewünschten Gerät wiederkommen.«

Er drückt auf das kleine Kreuz und ist im nächsten Augenblick verschwunden.

Oben empfängt ihn Lena: »Da bist du ja schon wieder.«

»Wie lange war ich dieses Mal dort unten?«, will Marco wissen.

Lena schaut auf die Uhr: »Es waren genau drei Minuten.«

»Das ist ja unglaublich«, wundert sich Marco. »Nach der Uhrzeit auf meinem Handy war ich über eine halbe Stunde in der Höhle.«

Zuversichtlich fährt er fort: »Irgendwann werden wir erfahren, warum das so ist. Jetzt haben wir aber keine Zeit dafür, darüber nachzudenken, denn zuerst müssen wir ein Raumschiff suchen.«

»Waaaas sollen wir suchen?« Lena glaubt sich verhört zu haben.

»Du hast richtig gehört, Schwesterchen – wir werden uns auf die Suche nach einem Raumschiff machen.«

Lena schaut ihren Hund Fellow an, zeigt auf Marco und meint: »Jetzt ist er total übergeschnappt.«

Ohne darauf zu reagieren, drängt Marco: »Kommt jetzt, wir haben noch einen anstrengenden Weg vor uns.« Mit ausgestrecktem Arm zeigt er nach oben. »Dort müssen wir hinauf, bis wir auf einen Weg kommen.«

»Wer hat denn gesagt, dass wir das müssen?«, fragt Lena. »Ich habe keine Lust, den steilen Berg hochzukraxeln.«

»Dann gehe ich eben alleine«, gibt sich Marco entschlossen. Und ohne weiter auf seine Schwester einzugehen, macht er sich auf den beschwerlichen Aufstieg. Kopfschüttelnd schaut Lena ihm nach.

Nach einer Weile – Marco ist schon ein ganzes Stück entfernt – sagt sie zu ihrem Hund: »Komm Fellow, ich glaube, mit Marco stimmt etwas nicht. Wir sollten ihn bei der Suche nach dem angeblichen Raumschiff nicht alleine lassen.«

Als hätte Fellow ihre Worte verstanden, springt er auf und zieht Lena, die seine Leine in der Hand hält, hinter sich her. Da Marco die Steinplatte in der Hand hält und deshalb vorsichtig geht, hat Lena ihn bald eingeholt.

Kurz darauf haben sie den Weg erreicht. Sie sind so außer Atem, dass keiner in den nächsten Minuten etwas sagt. Erschöpft setzen sie sich auf den Boden.

Marco erholt sich als Erster. Er steht auf und schaut zum Himmel.

»Hältst du Ausschau nach einem Raumschiff?«, kann sich Lena die Frage nicht verkneifen und muss dabei lachen.

»Nein – ich schaue nur nach der Sonne, um zu wissen, wo Westen ist. In diese Richtung müssen wir nämlich jetzt weitergehen.«

Lena ist ebenfalls aufgestanden und fragt mit einem frechen Grinsen: »Es wäre doch viel einfacher, wenn uns dein Raumschiff hier abholen würde.«

Marco, der schon weitergegangen ist, dreht sich um und erwidert: »Dein Lachen wird dir bald vergehen.«

Er zeigt nach vorn, wo mehrere Erdhügel zu sehen sind. »Dort müssen wir hin. Unter einem dieser Hügel ist das Raumschiff versteckt.«

Jetzt ist es mit Lenas Geduld vorbei. Demonstrativ bleibt sie stehen und ruft verärgert: »Bis hierher habe ich den Spaß noch mitgemacht, aber nun reicht es mir! Ich gehe nach Hause!« Mit einer ärgerlichen Handbewegung dreht sich Lena um und geht den Weg wieder zurück.

»Warte einen Moment!«, ruft Marco und geht zu seiner Schwester hin, die stehen geblieben ist und ihren Bruder mit einem bösen Blick anschaut. »Entschuldige bitte, Lena, dass ich dir nicht alles gesagt habe, aber es sollte eine Überraschung für dich sein.«

»Eine Überraschung?«, fragt Lena. »Darauf bin ich aber gespannt.«

Nun erzählt Marco, was die Stimme in der Höhle zu ihm gesagt hat.

»Und du glaubst diesen Blödsinn?« Lena schaut ihren Bruder so an, als würde sie an seinem Verstand zweifeln.

Marco nickt verständnisvoll mit dem Kopf: »Ich kann dich ja verstehen, dass sich das alles ein bisschen merkwürdig anhört, aber ich bin fest davon überzeugt, dass dort vorne unter einem dieser Hügel das Raumschiff versteckt ist.«

Er dreht sich um und geht in Richtung der Erdhügel weiter. Nach wenigen Minuten ist er am ersten Hügel angekommen. Lena blickt neugierig und mit einem etwas sorgenvollen Blick ihrem Bruder nach. Als sie sieht, wie er mit seinen Händen in der Erde wühlt, schaut sie auf Fellow und sagt: »Komm, wir können doch Marco jetzt nicht alleine lassen.«

Wenige Augenblicke später steht sie neben ihrem Bruder. Der schaut sie nur kurz an und stellt fest: »Hier ist es nicht.«

Beim zweiten Hügel ist es genauso.

Als er gerade beim nächsten mit der Suche anfangen will, hören sie plötzlich eine Stimme hinter sich: »Darf ich fragen, was ihr dort sucht?«

Erschrocken dreht sich Lena um und erblickt den Förster. Der ist aus seinem Jeep ausgestiegen und schaut die beiden mit einem fragenden Blick an.

»Wir möchten – äh, wir glauben – also ich meine, wir suchen«, stottert Lena. Marco hat schnell die Steinplatte auf den Boden gelegt, dreht sich um und sagt in ruhigem Ton: »Wir sind auf der Suche nach Pilzen. Jetzt habe ich mein Taschenmesser verloren und möchte es gerne wiederfinden.«

»Na, dann wünsche ich euch viel Glück bei der Suche.« Der Förster steigt in seinen Jeep und fährt davon.

Nachdem er nicht mehr zu sehen ist, wischt sich Lena mit dem Handrücken über die Stirn und sagt erleichtert: »Puh, das wäre beinahe schiefgegangen.« Mit einem verschmitzten Lächeln schaut sie Marco an: »Ich wusste gar nicht, dass so gut lügen kannst.«

»Das war keine Lüge«, wehrt sich Marco.

»Keine Lüge?«, wundert sich Lena. »Wie soll man es dann nennen, was du zum Förster gesagt hast?«

»Es war eine reine Vorsichtsmaßnahme«, verteidigt sich Marco. »Hätte ich ihm gesagt, dass wir hier ein Raumschiff suchen, hätte er uns bestimmt für verrückt erklärt und sofort weggejagt.«

»Und damit hätte er sogar recht gehabt«, ist Lena überzeugt. Ihr Blick fällt auf die Steinplatte am Boden: »Wozu hast du das Ding überhaupt mitgenommen?«, fragt sie.

»Mit dem ›Ding‹, wie du es nennst, kann ich das Raumschiff öffnen. Ich muss nur eine bestimmte Tastenkombination eingeben.«

»Dann gib sie doch ein – vielleicht kommt das Raumschiff ja aus einem Hügel herausgeflogen«, zeigt sich Lena belustigt.

Marco schaut Lena einen Moment an und klopft sich mit der Hand gegen die Stirn: »Das ist eine gute Idee – eigentlich hätte ich selber darauf kommen können.«

Er hebt die Steinplatte vom Boden auf, um die Tastenkombination einzugeben. »Zweimal kleines und dreimal großes Kreuz«, murmelt er leise vor sich hin.

Zögernd steht er da und blickt etwas ratlos zu Lena. Die hält Fellow an der Leine und schaut Marco gelangweilt bei der Suche zu.

»Nun mach schon«, fordert sie ihn auf, »ich kann gar nicht abwarten, dein Raumschiff zu sehen.«

Marco überhört den spöttischen Unterton. Er drückt so auf die Kreuze, wie es ihm die Stimme gesagt hat.

Mit ungläubigem Staunen beobachten Lena und Marco, was sich jetzt vor ihren Augen abspielt. In dem Hügel fängt es an zu rumoren. Erde und Steine rutschen herab. Bei Fellow sträuben sich die Nackenhaare, begleitet von einem drohenden Knurren.

Lena ruft verwundert: »Da ist ja eine Tür!« Auch Marco sieht die Tür und geht darauf zu – bleibt aber im gleichen Moment wie angewurzelt stehen.

Mit einem feinen Summen schiebt sich die Tür zur Seite. Es entsteht eine Öffnung, die so groß ist, dass ein Mensch bequem hindurchgehen kann.

Beide sind zunächst so verblüfft, dass sie kein Wort hervorbringen. Marco findet als Erster seine Sprache wieder. Triumphierend schaut er seine Schwester an: »Und – was sagst du nun?«

»Das glaube ich einfach nicht!«, erwidert sie. Wie gebannt starrt sie auf die Öffnung. Als Marco auf die Tür zugeht, fragt sie: »Was hast du jetzt vor? Willst du da wirklich hineingehen?«

»Natürlich – ich suche dort eine schwarze Kiste, auf der ein großes N steht. Wenn ich sie gefunden habe, bringe ich sie in die Höhle.«

»Können Fellow und ich mitkommen, um beim Suchen zu helfen?«

»Selbstverständlich könnt ihr das«, erwidert Marco.

Gemeinsam gehen sie durch die Öffnung ins Innere. Nach wenigen Minuten haben sich ihre Augen an das schwache bläuliche Licht gewöhnt, das hier überall herrscht.

Sie sehen eine große halbrunde Anlage, auf der unzählige Knöpfe und Schalter zu sehen sind. »Das ist bestimmt die Kommandozentrale«, ist sich Marco sicher.

Während er sich die Anlage anschaut, geht Lena durch eine Zwischentür, die sich automatisch öffnet, in einen anderen Raum. Zu ihrer Überraschung ist der ganze Raum mit seltsamen Pflanzen ausgefüllt. Sie verbreiten einen angenehmen süßlichen Duft. Manche haben Blüten, die wie große bunte Weihnachtskugeln aussehen. Andere haben Blätter, die an Elefantenohren erinnern.

Marco ist Lena gefolgt. Auch er bewundert die seltsamen Pflanzen und glaubt, dass es solche Exemplare nirgendwo auf der Erde gibt.

»Mich wundert, dass sie nach so langer Zeit ohne Wasser nicht vertrocknet sind«, stellt er erstaunt fest.

Nachdem sich die beiden noch eine Weile die Pflanzen angeschaut und sie bewundert haben, will Marco nun nach der

Kiste suchen. »Leider wurde mir nicht gesagt, wo die Kiste steht«, bedauert er.

Sie gehen wieder zurück in die Kommandozentrale, können aber auch nach intensiver Suche nichts finden.

Lena schaut zu Fellow, der teilnahmslos auf dem Boden liegt. »Fellow, hilf uns bei der Suche«, fordert sie ihn auf. Als hätte der Hund sie verstanden, steht er auf und beginnt den Boden mit seiner Schnauze zu beschnuppern.

In der Mitte des Raumes legt er sich plötzlich mit einem leisen Winseln hin. Er schaut zu Lena und wedelt aufgeregt mit seinem Schwanz.

»Marco, komm her, ich glaube, Fellow hat etwas gefunden«, ruft sie ihrem Bruder zu, der sich immer noch suchend nach der Kiste umschaut.

Als sie zu Fellow kommen, sehen sie einen silbernen Griff, der im Boden versenkt ist. Den hatten sie bei ihrer Suche nicht bemerkt. Marco gibt Lena die Steinplatte, nimmt den Griff in die Hand und zieht ihn vorsichtig hoch. Zu seiner Überraschung geht das relativ leicht.

Die Verwunderung und die Freude sind riesengroß, als sie feststellen, dass der Griff zu der gesuchten Kiste mit dem großen N gehört.

»Hurra«, ruft Lena, »endlich haben wir sie gefunden!« Lobend streichelt und tätschelt sie Fellow: »Das hast du ganz toll gemacht!«

Marco nimmt die Kiste, die etwa so groß wie ein Mikrowellenherd ist, und trägt sie nach draußen. Dort betrachtet er neugierig seinen Fund. Die Kiste besteht aus einem ihm unbekannten Material, das einen silbernen Glanz ausstrahlt. Vergebens sucht er nach einem Schloss oder einer Verriegelung, womit die Kiste geöffnet werden könnte.

Lena ist ihm nach draußen gefolgt. »Wie sollen wir das Ding so weit tragen?«, will sie wissen. Fragend schaut sie Marco an.

Der überlegt einen Moment und zeigt dann auf einen kräftigen Ast: »Damit müsste es eigentlich gehen.«

Er holt den Ast und steckt ihn durch den Griff. So können beide die Kiste jetzt bequem tragen.

»Das war eine gute Idee von dir«, lobt Lena.

»Man muss sich nur zu helfen wissen«, ist Marcos lakonische Antwort. Er schaut auf die Schalttafel, die Lena noch in der Hand hält, und sagt: »Du kannst jetzt die Tür von dem Raumschiff wieder schließen.«

»ICH?«, wundert sich Lena. »Wie soll ich das denn machen?«

»Du brauchst nur dreimal auf das große und zweimal auf das kleine Kreuz zu drücken«, erklärt ihr Marco.

»Und das soll funktionieren?« Zweifelnd schaut Lena auf die Platte in ihrer Hand.

»Bei mir hat es ja auch funktioniert – beeile dich ein wenig.« Marco ist ungeduldig, denn es könnte ja jemand vorbeikommen und ihr Geheimnis entdecken.

Zögernd drückt Lena auf die Kreuze – so, wie Marco es ihr gesagt hat. Wieder ist das feine Summen zu hören, während sich die Tür schließt. Eilig sammeln die beiden Zweige und Äste, um damit die Tür zu verdecken. Dann machen sie sich mit der Kiste auf den Rückweg.

Marco hat wieder die Steinplatte an sich genommen und Lena hält mit ihrer freien Hand die Leine von Fellow.

Obwohl die Kiste nicht besonders schwer ist, muss Lena öfter eine Pause einlegen. Als sie noch etwa hundert Meter von dem umgestürzten Baum entfernt sind, kommt ihnen der Förster entgegen. »Was tragt ihr denn da durch die Gegend?«, fragt er und zeigt auf die Kiste.

»Die haben wir dort oben gefunden«, erwidert Marco.

»Was habt ihr damit vor?«, will der Förster wissen.

»Wir wollen sie mit nach Hause nehmen und schauen, was die Kiste enthält«, antwortet Lena.

Mit strenger Miene erklärt der Förster: »Alles, was im Wald gefunden wird, gehört dem Forstamt. Deshalb müsst ihr mir jetzt die Kiste aushändigen.«

Angestrengt überlegt Marco, wie er das verhindern kann. Drunten auf der Straße sieht er den Jeep stehen. Geistesgegenwärtig schlägt er dem Förster vor: »In Ordnung – wir tragen die Kiste noch bis zu dem umgestürzten Baum. Bis zu Ihrem Auto ist es dann nicht mehr weit.«

Der Förster ist damit einverstanden. Heimlich blinzelt Marco Lena zu. Die hat sofort verstanden, was Marco vorhat.

Als sie am umgestürzten Baum angekommen sind, stellen sie die Kiste dorthin, wo sie gegraben hatten. Der Förster will gerade nach der Kiste greifen, als Marco ihn fragt: »Darf ich Sie um einen Gefallen bitten?« »Wenn es nicht zu lange dauert – gerne«, ist der Förster einverstanden. »Ich möchte ein Bild von Ihnen machen«, flunkert Marco. »Wo hast du denn einen Fotoapparat?« »Hier ist er.« Marco zeigt dem Förster die Steinplatte. »Es ist ein sehr alter Apparat, aber er funktioniert noch. Sie müssen nur einige Meter zurücktreten, sonst bekomme ich Sie nicht ganz aufs Bild.« Ungläubig schaut der Förster auf den angeblichen Fotoapparat, geht aber dennoch einige Schritte zurück. »Sie werden staunen, was für ein schönes Bild gleich entsteht«, kann es sich Marco nicht verkneifen. Er drückt auf das kleine Kreuz und ist im selben Moment mit Lena, Fellow und der Kiste verschwunden.

Völlig verwirrt fährt sich der Förster mit beiden Händen durchs Haar. Er merkt nicht, dass er dabei seinen Hut verliert.

»Das kann doch nicht wahr sein«, murmelt er ungläubig vor sich hin.

Nach einer Weile geht er zu der Stelle, wo die drei mit der Kiste verschwunden sind. Mit dem Fuß tritt er kräftig auf den Boden – doch es rührt sich nichts. Laut ruft er: »Ich weiß nicht, mit welchem Zaubertrick ihr das gemacht habt, aber ich kriege euch noch.«

Fassungslos und mit ungläubigem Kopfschütteln geht er zum Auto. Zu seinem Hund, der im Jeep geblieben ist, sagt er: »Apollo, das darf ich auf keinen Fall jemandem erzählen, sonst werde ich für verrückt erklärt und bin am Ende meinen Job los.«

Mittlerweile sind Marco, Lena und Fellow mit der Kiste in der Höhle angekommen. Lena ist von dem Anblick überwältigt. »So etwas Schönes habe ich noch nie im Leben gesehen«, bewundert sie die Höhle mit dem blauen Licht. »Wie sind wir eigentlich hierhergekommen?«, fragt sie erstaunt.

»Ich habe auch keine Erklärung dafür«, erwidert Marco, »aber ich denke, dass wir es gleich erfahren werden.«

Er gibt Lena die Steinplatte, nimmt die Kiste und geht damit zur Felssäule. Dort stellt er die Kiste ab und ruft: »Hallo – hier habe ich für euch das Gewünschte mitgebracht. Was soll ich jetzt damit machen?«

Im gleichen Moment geht das Licht oben auf der Säule wieder an und die Stimme sagt: »Ich danke dir sehr, dass du uns die Kiste gebracht hast. Gehe jetzt bitte einige Schritte zurück.«

Marco geht zu Lena und Fellow. Aufmerksam beobachten sie, was jetzt passiert.

Eine ganze Weile tastet das Licht die Kiste ab. Dann ist wieder die Stimme zu hören: »Drücke jetzt bitte gleichzeitig auf das große und kleine Kreuz.«

Lena gibt Marco die Steinplatte: »Hier – mach du es.« Marco setzt sich auf den Boden, legt die Steinplatte auf seine Knie und macht das, was die Stimme gesagt hat.

Verwundert beobachten sie nun, wie sich der Deckel langsam öffnet und ein kleiner Radarschirm zum Vorschein kommt. Der dreht sich nach allen Seiten, so, als suchte er etwas. Plötzlich hält er an. Ein leises abgehacktes Piepen ist zu hören.

Jetzt erfasst das Licht von der Felssäule den Radarschirm. Von dort wird der Lichtstrahl auf die Felswand weitergeleitet. Wie aus dem Nichts erscheint dort plötzlich eine Gestalt. Lena und Marco schauen ungläubig auf das Wesen, das langsam auf sie zukommt. Erschrocken und ängstlich weichen sie zurück. Nur Fellow bleibt auf seinem Platz und lässt ein drohendes Knurren hören.

Das Wesen hat ein menschenähnliches Aussehen. Es ist etwas kleiner als Marco. Sein Kopf ist völlig kahl und an seinen kleinen Händen sind nur drei Finger zu sehen. Die Haut hat einen silbernen Glanz. Gekleidet ist es in einen dunkelblauen Overall.

Als das Wesen die ängstlichen Gesichter von Marco und Lena bemerkt, bleibt es stehen. »Ihr braucht keine Angst zu haben, wir sind ein friedliches Volk«, hören die beiden seine ruhige Stimme. Es ist die gleiche Stimme, die vorher zu ihnen gesprochen hat.

Langsam verlieren Marco und Lena ihre Furcht. Sie gehen auf den Fremden zu und strecken ihm zur Begrüßung die

Hände entgegen. »Das ist Lena«, stellt Marco seine Schwester vor. Dann zeigt er auf seinen Hund: »Sein Name ist Fellow. Ich heiße Marco. Hast du auch einen Namen?«

»Ich heiße Helion und bin der Kapitän des Raumschiffs.«

Wie viele gehören zu deiner Besatzung?«, will Marco wissen.

»Wir sind zu fünft. Außerdem habe ich noch meinen Sohn auf der Flucht vor den Aresianern mitgenommen.«

»Kannst du ihnen ebenfalls wieder ihre Körper zurückgeben?« Lena schaut sich dabei suchend in der Höhle um.

»Natürlich kann ich das – dazu brauche ich aber die Schalttafel.« Helion bittet Marco, ihm die Tafel zu geben. Doch Marco zögert und drückt die Tafel fest an sich.

»Wie sollen wir dann wieder hier herauskommen?«, fragt er besorgt.

Auf Helions Gesicht ist so etwas wie ein Lächeln zu erkennen. »Du brauchst dir keine Sorgen zu machen. Ich werde doch nicht meine Retter hier ihrem Schicksal überlassen.«

Nachdem Helion nun die Tafel von Marco bekommen hat, geht er zu der Kiste. Er will das Gerät mit dem Radarschirm herausholen, doch es ist ihm zu schwer. »Hilf mir bitte«, fordert er Marco auf. Gemeinsam holen sie das Gerät heraus.

Helion betätigt zunächst einige Schalter und Knöpfe. Danach drückt er auf der Schalttafel abwechselnd das große und kleine Kreuz. Marco ist wieder zurück zu Lena gegangen. Beide beobachten nun mit großem Erstaunen, wie plötzlich Gestalten an der Felswand erscheinen. Zuerst bestehen sie nur aus flackerndem Licht. Nach wenigen Sekunden sehen Marco und Lena, wie vier große Gestalten und eine kleine zum Vorschein kommen, die genauso gekleidet sind wie Helion.

»Das ist ja unfassbar!«, ruft Lena erstaunt aus. »Wie ist so etwas möglich? Das glaube ich einfach nicht! Bestimmt ist das alles nur ein Traum.«

Inzwischen ist der Kleine zu Helion gelaufen und ihm um den Hals gefallen. Die anderen vier kommen ebenfalls zu Helion und reden wild durcheinander. Lena und Marco verstehen davon kein einziges Wort.

Nach einer Weile sehen sie, wie Helion mit einer Handbewegung andeutet, dass sie zu ihm kommen sollen. Nachdem er seine Begleiter vorgestellt hat, bedankt sich jeder von ihnen bei Marco und Lena für die Befreiung. Auch Fellow bekommt ein Dankeschön, indem er von allen gestreichelt wird. Marco schaut Helion an und möchte wissen, woher sie die Sprache der Menschen kennen.

Nach kurzer Überlegung antwortet Helion: »Das ist für euch sicherlich etwas schwierig zu verstehen, vielleicht sogar zu schwer. Du musst wissen, dass unser Planet Novis schon viele Tausend Jahre länger von uns bewohnt wird, als es Menschen auf der Erde gibt. Da unser Planet der Erde sehr ähnlich ist und unsere Entwicklung fast genauso abgelaufen ist wie hier, haben wir natürlich einen riesengroßen Wissensvorsprung.«

»Das glaube ich ja gerne«, hakt Marco ein, »aber das bedeutet noch lange nicht, dass ihr unsere Sprache kennt.«

»Langsam, junger Freund«, bremst Helion die Neugierde von Marco, der gespannt auf die Antwort wartet. »Wie ich schon sagte, haben wir einen Wissensvorsprung von mehreren Tausend Jahren. In dieser Zeit haben wir gelernt, dass die Zeit nicht gleichmäßig verläuft, so wie es die meisten auf der Erde glauben. Wir haben Geräte entwickelt, mit denen die Zeit beeinflusst werden kann. Dadurch sind wir in der Lage, große Strecken – wie zum Beispiel hier zur Erde – in – für uns –

relativ kurzer Zeit zurückzulegen. Deshalb konnten wir schon mehrmals die Erde besuchen, um herauszufinden, wie unser Leben vor einigen Tausend Jahren ausgesehen haben könnte. Da wir aber in einer anderen Zeit waren, konnten uns die Menschen nicht sehen, obwohl wir mitten unter ihnen waren. So haben wir auch eure Sprache gelernt.«

Staunend haben Lena und Marco zugehört. Begreifen können sie nicht, was Helion ihnen erzählt hat. Lena stellt nur fest: »Deshalb verlief die Zeit hier unten auch unterschiedlich schnell – je nachdem, welches Kreuz auf der Steinplatte gedrückt wurde.«

»Genau so ist es«, bestätigt Helion. »Gesteuert wird das Ganze vom Raumschiff aus.«

»Wie kommt ihr eigentlich jetzt zu eurem Raumschiff?«, will Marco wissen.

»Und wir hier wieder heraus – ohne die Steintafel?« Lena schaut Helion fragend an. »Außerdem wüsste ich gerne, wie wir hier in die Höhle hinein- und wieder aus ihr hinauskönnen, obwohl nirgendwo eine Öffnung zu sehen ist.«

Verständnisvoll nickt Helion: »Diese Fragen habe ich erwartet. Ihr kennt so etwas nur aus Science-Fiction-Romanen oder -Filmen und nennt es ‚beamen‘. Wir bezeichnen das mit ‚hindurch-schweben‘. Bei euch existiert es in der Fantasie, aber bei uns gibt es das wirklich.«

Helion wendet sich Marco zu: »Und nun zu deiner Frage, wie wir zu unserem Raumschiff kommen. Du siehst doch das Licht auf der Felssäule. Es ist eine Relaisstation, die wir unbemerkt mitnehmen konnten. Diese Relaisstation leitet uns sicher zu unserem Raumschiff. Ich gebe jetzt auf der Schalttafel die Koordinaten ein. Wir werden dann gemeinsam gleich dort sein.«

»Wollt ihr uns in eurem Raumschiff mitnehmen?«, fragt Lena ängstlich.

»Nein, nein«, beruhigt Helion sie. »Bevor wir wieder abreisen, werde ich euch für eure Hilfe ein schönes Geschenk überreichen.«

Zwei seiner Begleiter haben mittlerweile das Gerät mit dem Radarschirm wieder zurück in die Kiste gehoben. Helion nimmt die Schalttafel und fährt langsam mit seiner Hand dar-über, bis der Radarschirm eine bestimmte Position eingenom-men hat. Dann deutet er an, dass sich alle um die Kiste herum versammeln sollen. Fellow sträubt sich ein wenig, als Lena ihn auffordert, ihr zu folgen. Doch nach gutem Zureden steht er auf und geht mit Lena zu den anderen.

»Nun kann es losgehen«, sagt Helion. Er schaut sich in der Höhle noch einmal nach allen Seiten um, so als wolle er sich vergewissern, dass auch nichts vergessen wird. Dann drückt er gleichzeitig mit seinen drei Fingern auf die Schalttafel.

Im nächsten Moment befinden sie sich an der Stelle im Raumschiff, wo die schwarze Kiste im Boden verborgen war.

»Das ist ja fantastisch!«, ruft Lena. »Und wir mussten uns so anstrengen, um hierherzukommen.«

»Ja«, meint Helion, »unsere Technik ist, wie ich schon sagte, nun mal viel weiterentwickelt als die auf eurer Erde.«

»Wie lange braucht ihr, um zu eurem Planeten Novis zu fliegen?«, möchte Marco wissen.

»Unser Flug dauert etwa zwei Wochen.«

»Nur zwei Wochen?«, wundert sich Marco. »Das Licht braucht vier Jahre, um euren Planeten zu erreichen.«

»Ja ich weiß«, gibt sich Helion gelassen. »Wir benutzen auf unserer Reise die dunkle Energie.« »Dunkle Energie?«, echot Marco mit einem fragenden Blick. »Was ist das?«

»Auf der Erde vermutet man, dass es sie gibt, aber sie ist noch völlig unerforscht. Es besteht eine Kraft zwischen den Sternen, die ein Raumschiff so schnell beschleunigen kann, dass es um ein Vielfaches schneller ist als das Licht.«

Marco ruft begeistert: »Das ist ja toll! Werden die Menschen auch einmal so schnell fliegen können?«

»Da bin ich mir ganz sicher«, ist Helion überzeugt, aber es wird wohl noch eine ganze Weile dauern.«

»Schade.« Marco wendet sich enttäuscht ab.

»Wovon ernährt ihr euch während der Reise?«, will Lena wissen.

Helion zeigt auf den Raum, wo die Pflanzen sind. »Von diesen Pflanzen essen und trinken wir. Mehr brauchen wir nicht.«

Mit einem etwas verlegenen Gesicht schaut Lena zu Helion: »Darf ich einmal etwas Persönliches fragen?«

»Nur raus mit der Sprache; wenn wir fort sind, kannst du keine Fragen mehr stellen.«

Zögernd beginnt Lena: »Ich sehe hier keine Toiletten. Was macht ihr, wenn ihr mal müsst?«

Helion muss lachen: »So etwas kann auch nur ein Mensch fragen. Wir brauchen so etwas nicht. Unsere Nahrung ist so beschaffen, dass sie vollkommen vom Körper aufgenommen und verwertet wird.«

Helion legt seine Hand auf Lenas Schulter: »Tut mir leid, aber jetzt muss ich mich um das Schiff kümmern.«

Verständnisvoll nickt Lena: »Geht in Ordnung.«

Sie geht mit Fellow zu Marco, der interessiert den Novisianern zuschaut, wie sie an dem großen Schaltpult Knöpfe und Schalter betätigen.

Helion geht zu jedem Einzelnen hin, unterhält sich mit ihnen und gibt noch einige Anweisungen.

Nach etwa zehn Minuten wendet er sich wieder Lena und Marco zu: »Wir sind jetzt so weit und können starten. Vorher bekommt ihr aber noch das versprochene Geschenk.«

Gespannt verfolgen die beiden, wie Helion unterhalb des Schaltpults eine Klappe öffnet und etwas hervorholt. Es sind zwei Geräte, die so ähnlich wie ein Handy aussehen. Helion geht zu Lena und Marco, um jedem eines dieser Geräte zu überreichen: »Das ist mein Geschenk an euch, weil ihr uns so wunderbar geholfen habt.«

Etwas ratlos schauen die beiden auf die Geräte, denn sie wissen nicht, was sie damit anfangen sollen.

Als Helion die fragenden Blicke sieht, huscht ein Lächeln über sein Gesicht: »Es ist mir klar, dass ihr mit dem Geschenk im Moment nichts anfangen könnt. Ich verrate nur so viel: Wenn ihr wieder hier draußen seid, drückt auf den roten Knopf. Auf dem Display könnt ihr dann lesen, was man alles mit den Geräten machen kann. Sie funktionieren nur bei euch. Wenn ein anderer sie in die Hand nimmt, schalten sie sich automatisch ab. Solltet ihr sie einmal verlieren oder jemand nimmt sie euch weg, dann ruft ihr meinen Namen und die Geräte sind wieder in eurer Hand. Ich verspreche euch jetzt schon, dass es noch manche Überraschung für euch geben wird. Solltet ihr einmal meinen Rat brauchen, drückt alle vier Tasten zur gleichen Zeit. Ich werde mich dann bei euch melden.«

Nachdem sich Lena und Marco für das Geschenk bedankt haben, begleitet sie Helion zur Tür, die sich automatisch öffnet. Bevor sie hinausgehen, winken sie zum Abschied den anderen Novisianern zu.

Helion verabschiedet sich mit den Worten: »Wir werden noch voneinander hören.«

Dann schließt sich die Tür. Man merkt Fellow die Freude an, wieder im Freien zu sein. Freudig springt er an Lena hoch. »Hör auf damit«, ruft sie »du machst mich ja ganz schmutzig.«

Nachdem sie sich einige Meter entfernt haben, bleiben sie stehen, um den Start des Raumschiffs zu beobachten. Es dauert nicht lange, bis sie ein kaum hörbares feines Summen hören. Ohne dass sich der Erdhügel bewegt, schwebt das Raumschiff langsam heraus, wird dann immer schneller und ist nach wenigen Sekunden im Blau des Himmels verschwunden.

Lena winkt mit ihrem Taschentuch. Ihre Augen haben einen feuchten Schimmer. »Komm jetzt«, fordert Marco sie auf, »die sind schon so weit weg, dass sie dein Taschentuch bestimmt nicht mehr sehen.« »Wer weiß das schon?«, erwidert Lena, kommt aber der Aufforderung ihres Bruders nach.

Auf dem Nachhauseweg fragt sie: »Wie sollen wir eigentlich die Geräte nennen, die uns Helion geschenkt hat?« Marco überlegt einen Moment und meint dann: »Sie sehen zwar wie Handys aus, sind es aber offensichtlich nicht. Bis wir genau wissen, was man damit alles machen kann, nehmen wir die ersten vier Buchstaben vom Kapitänsnamen und nennen sie einfach Heli.« »Gute Idee«, lobt Lena.

Als sie an einer Sitzbank vorbeikommen, bittet sie Marco: »Lass uns für einen Moment ausruhen, mir tun die Füße weh.« Während Lena die Schuhe auszieht und ihre Füße massiert, betrachtet Marco interessiert sein Handy.

Er drückt, so wie es Helion gesagt hat, auf den roten Knopf. Als Erstes steht auf dem Display zu lesen: Wenn du jetzt sagst, wo du gerne sein möchtest, drücke die grüne Taste und du wirst im gleichen Augenblick dort sein. Bei euch nennt man so etwas, wie ich schon sagte, beamen.

»Das ist ja super!«, ruft Marco begeistert. »Was ist super?«, will Lena wissen. Ohne auf ihre Frage zu antworten, zeigt Marco auf ihre Schuhe: »Du kannst sie wieder anziehen – ich glaube, wir brauchen nicht mehr zu laufen.« Verständnislos schaut Lena ihren Bruder an: »Was meinst du damit – wir brauchen nicht mehr zu laufen? – Holt uns etwa jemand hier ab?« »Nein, so nicht, aber lies einmal, was hier steht.« »Das ist ja fantastisch«, ist Lena begeistert, nachdem sie gelesen hat, was auf dem Display steht. »Und du glaubst, dass es funktioniert?« »Das werden wir gleich wissen.« Marco nennt den Namen ihres Ortes sowie den Straßennamen und die Hausnummer. Außerdem sagt er: »Wir möchten gerne auf der Terrasse ankommen.«

Gerade als er die grüne Taste berühren will, nähert sich ein Auto. Es ist wieder der Förster mit seinem Jeep. Als er die beiden sieht, hält er an, steigt aus und ruft: »Da seid ihr ja wieder – gebt mir jetzt sofort die Kiste – sie gehört dem Forstamt.«

»Das geht leider nicht mehr«, gibt Marco zur Antwort.

»Warum nicht?«, will der Förster wissen.

»Die Kiste ist irgendwo dort oben«, antwortet Marco in ruhigem Ton. Dabei zeigt er mit dem Zeigefinger zum Himmel.

»Ihr haltet mich wohl für so dumm, dass ich solchen Unsinn glaube.« Ungeduldig und mit zornigem Gesicht verlangt er: »Entweder ihr gebt mir jetzt die Kiste oder ich werde euch wegen Diebstahls anzeigen.«

Lena ist aufgestanden und sagt mit einem spitzbübischen Lächeln: »Dazu müssen Sie uns aber erst einmal haben.«

»So ein ungezogenes Kind ist mir noch nicht begegnet«, ereifert sich der Förster. »Ich werde meinen Hund auf euch hetzen.« Wutentbrannt geht er zu seinem Jeep, um seinen Hund zu holen.

Marco sagt leise zu Lena: »Gib mir deine Hand und mit der anderen berühre Fellow.«

Sie weiß natürlich sofort, was Marco vorhat. »Hoffentlich funktioniert es auch«, flüstert Lena und schaut mit einem skeptischen Blick auf Marco. Der nickt ihr beruhigend zu.

Inzwischen hat der Förster seinen Hund aus dem Jeep gelassen und hält ihn am Halsband fest. Bei Fellow sträuben sich die Nackenhaare. Ein bedrohliches Knurren ist zu hören. Gegen den großen Jagdhund hätte er aber keine Chance.

Marco ruft: »Sie dürfen keinen Hund auf Menschen hetzen.« »Auf Diebe darf ich das.« »Aber wir sind keine Diebe«, ruft Lena, »wir haben unseren Fund wieder dem Eigentümer zurückgegeben.« »Das glaube ich euch nicht.« Der Förster ist zornig. »Wollt ihr mir nun die Kiste zurückgeben?« Wie aus einem Munde kommt von Lena und Marco ein lautes »Nein!«.

Jetzt ist es mit der Geduld des Försters vorbei. Er lässt seinen Hund los, zeigt auf die drei und ruft: »Fass!«

Ängstlich schreit Lena: »Marco! Marco, mach schnell!« Bevor der Hund bei ihnen ist, drückt Marco die grüne Taste. Im selben Augenblick stehen die beiden zu Hause Hand in Hand auf der Terrasse. Fellow sitzt neben ihnen. Weinend fällt Lena ihrem Bruder um den Hals: »Ich hatte solche Angst vor dem Hund.« Marco gibt sich ganz cool: »Manchmal muss man halt auch etwas riskieren«, gibt dann aber zu: »na ja, ein bisschen Angst hatte ich auch.«

Zur gleichen Zeit läuft der Jagdhund vor der Bank, wo eben noch Lena, Marco und Fellow waren, suchend hin und her. Der Förster greift sich irritiert an den Kopf und begreift nicht, was soeben passiert ist. »Das glaube ich einfach nicht!«, spricht er zu sich selbst. »Jetzt haben die beiden sich schon wieder in Luft aufgelöst – einfach so. Wie machen die das nur?! Mit rechten Dingen geht es bei denen jedenfalls nicht zu.« Seinem Hund ruft er zu: »Apollo, komm! Wir fahren weiter. Irgendwann werden wir die beiden schon erwischen und hinter ihr Geheimnis kommen.«

Inzwischen sind Lena und Marco ins Haus gegangen. Lena muss lachen: »Jetzt würde ich gerne das Gesicht des Försters sehen. Es ist nun schon das zweite Mal, dass wir ihm entwischt sind.« »Aber bedenke einmal«, wirft Marco ein, »dir würde so etwas passieren – dann hättest du auch Probleme, das zu verstehen.« Lena nickt zustimmend: »Da hast du allerdings recht. Wenn ich darüber nachdenke, tut er mir sogar ein wenig leid.«

Marco geht in Richtung Küche, drückt mit beiden Händen auf seinen Bauch und sagt: »Ich weiß nicht, wie es dir geht, aber ich habe einen gewaltigen Hunger.« »Mir geht es genauso«, stimmt Lena zu. »Warte einen Moment – ich backe uns schnell eine Pizza.« »Das ist eine prima Idee«, ist Marco begeistert und fährt sich voller Vorfreude mit der Zunge über die Lippen. Lena bittet Marco: »Gib Fellow auch etwas in seinen Napf – er ist bestimmt genauso hungrig wie wir.« »Wird gemacht.«

Während Lena sich um die Pizza kümmert, deckt Marco den Tisch. Dabei fällt sein Blick auf die Küchenuhr. Zuerst denkt er, dass sie stehen geblieben sei. Er geht deshalb ins Wohnzimmer, um dort auf die Uhr zu schauen. Diese zeigt jedoch die gleiche Zeit an wie die Uhr in der Küche. »Das gibt es doch nicht«, wundert sich Marco und greift sich mit der Hand an die Stirn.

»Was hast du?«, fragt Lena. Aufgeregt zeigt Marco auf die Uhr: »Schau mal, wie spät es ist.« »Es ist halb zehn«, stellt Lena fest. »Ist da etwas nicht in Ordnung?« »Ja, begreifst du denn nicht, was das bedeutet?« Lena ist so mit der Pizza beschäftigt, dass sie gar nicht weiter darüber nachdenkt: »Nein, aber sage es mir.« »Überlege doch einmal, wie spät es war, als wir heute weggegangen sind.« »Es war genau neun Uhr«, erwidert Lena. In dem Moment begreift sie, was Marco meint. »Dann waren wir ja nur eine halbe Stunde fort«, stellt sie mit Erstaunen fest. »Mir kommt es aber vor, als wären fünf oder sechs Stunden vergangen, seit wir losgegangen sind.«

»Das stimmt auch«, bestätigt Marco. »Auf meinem Handy ist es Viertel nach drei.«

Lena schaut auf ihr Handy, das sie auf den Tisch gelegt hat: »Bei mir ist es halb vier.«

Marco überlegt einen Moment und glaubt den Grund der Zeitdifferenz zu kennen: »Die Viertelstunde Unterschied ist die Zeit, in der ich alleine in der Höhle war.«

»Das ist schon schwer zu verstehen«, erwidert Lena, »aber der Zeitunterschied von über sechs Stunden macht mir doch ein wenig Angst.«

Marco beruhigt sie: »Du brauchst keine Angst zu haben. Ich habe volles Vertrauen zu Helion. Er würde bestimmt nicht wollen, dass wir Angst haben, nur weil wir es nicht begreifen. Er hat ja gesagt, dass es für uns noch so manche Überraschung geben wird. Nach dem Beamen ist es nun die nächste und wahrscheinlich noch nicht die letzte Überraschung, die wir erleben werden.«

»Einen Vorteil hat das Ganze«, stellt Lena lachend fest, »jetzt haben wir noch genügend Zeit, um unsere Hausaufgaben zu machen.«

Während Lena nach dem Essen Teller und Bestecke in die Spülmaschine räumt, nimmt Marco sein Heli und geht damit ins Wohnzimmer.

»Was hast du jetzt vor?«, ruft Lena aus der Küche. »Ich probiere, was man mit dem Ding noch alles anstellen kann«, gibt Marco zur Antwort. Lena kommt ins Wohnzimmer. Mit einem frechen Grinsen meint sie: »Frag das Ding, ob es unsere Hausaufgaben machen kann.« »Quatsch«, gibt Marco nur zur Antwort.

Nachdem Lena gegangen ist, macht es sich Marco auf der Couch bequem und schaut sich das Heli einmal genauer an. Mit der roten und grünen Taste hat er ja schon seine Erfahrung gemacht. Es sind aber noch einige andere Tasten in verschiedenen Farben zu sehen. »Schade, dass Helion uns keine Beschreibung gegeben hat, welche Funktionen diese Tasten haben«, murmelt er leise vor sich hin. Er erinnert sich aber, dass Helion ihnen gesagt hat, sie sollen auf den roten Knopf drücken, um zu erfahren, was das Gerät alles kann. Neugierig berührt er die rote Taste. Wieder kommt die Aufforderung, ein Ziel zu nennen, wo er gerne sein möchte.

Aus Spaß sagt er: »Ich möchte zum Mond.«

Prompt kommt die Meldung: Befehl wird nicht ausgeführt, weil es dort entweder zu heiß oder zu kalt ist. Außerdem gibt es dort keine Luft zum Atmen.

»Dann möchte ich zum höchsten Berg der Erde – dem Mount Everest.«

Wieder kommt die Meldung: Befehl wird nicht ausgeführt, weil dort die Gefahr besteht, abzustürzen oder zu erfrieren.

Eigentlich ist es ja ganz gut, denkt sich Marco, dass das Gerät weiß, wo es für mich gefährlich ist. »Dann werde ich jetzt einmal nachschauen, was du noch so alles kannst«, spricht er zu seinem Heli.

Nachdem er nochmals die rote Taste gedrückt hat, ist auf dem Display zu lesen: Wenn du mit Tieren sprechen möchtest, dann drücke auf die silberne Taste.

»Das ist ja ein Ding«, wundert sich Marco. Um es auszuprobieren, geht er in die Küche, wo Fellow gerade seinen Fressnapf leer gefressen hat.

Bevor Marco die silberne Taste drückt, fragt er Fellow: »Wie hat es dir geschmeckt?«

Ein leises »Wau« ist das Einzige, was von Fellow zu hören ist. Marco drückt die silberne Taste und meint: »Ich habe dich nicht verstanden – kannst du es noch einmal wiederholen?«

Zu seinem Erstaunen hört Marco, wie Fellow sagt: »Ich habe schon besseres Futter bekommen. Eure Pizza hätte ich lieber gegessen.«

»Du kannst mich also verstehen!«, ruft Marco überrascht und erfreut zugleich.

»Warum soll ich dich nicht verstehen? – Du hast doch laut genug gesprochen«, hört Marco seinen Hund sprechen.

Marco ist total begeistert: »Das muss Lena unbedingt erfahren.« Er geht in den Flur und ruft: »Lena – komm herunter und bring dein Heli mit!«

Aufgeregt kommt Lena die Treppe herab: »Ist etwas passiert?«, fragt sie ängstlich.

»Nein, nein«, beruhigt Marco sie. »Helion hat nur eine weitere Überraschung für uns.«

»Und wo ist die Überraschung?«, will Lena wissen. Dabei schaut sie sich suchend in der Küche um.

»Frage doch Fellow – er wird es dir verraten.«

Lena schaut Marco an, als mache dieser einen schlechten Witz. »Wegen solch eines Blödsinns unterbrichst du mich bei den Hausaufgaben? Das finde ich gar nicht lustig.« Kopfschüttelnd und verärgert dreht sie sich um und will wieder den Raum verlassen.

»Warte einen Moment!«, ruft Marco. »Nimm dein Heli, drücke die silberne Taste und frage Fellow, was er dir gerne sagen möchte.«

Nach kurzem Zögern meint Lena: »Na gut – ich mache ja jeden Unsinn mit.«

Sie drückt auf die silberne Taste, schaut aber dabei mit einem frechen Grinsen zu Marco. »Was will mein lieber Hund mir denn sagen?«

Wortlos steht Marco mit verschränkten Armen vor Lena und schaut sie mit einem triumphierenden Lächeln an.

»Wenn du schon mit mir reden willst, kannst du mich dabei auch ansehen«, hört Lena eine Stimme hinter sich.

Völlig überrascht schaut Lena ihren Bruder an. Sie dreht sich langsam um und blickt auf Fellow. »Hast du gerade zu mir gesprochen?!«, fragt sie mit ungläubigem Blick.

»Natürlich – außer euch beiden ist ja sonst niemand hier.«

»Das glaube ich einfach nicht«, wundert sich Lena, »so etwas kann doch nicht wahr sein!« Sie ist so geschockt, dass sie sich hinsetzen muss.

Fellow geht langsam auf sie zu, setzt sich vor sie hin und sagt: »Endlich kann ich mich einmal bei dir dafür bedanken, dass du mir wieder ein Zuhause gegeben und mich gesund gepflegt hast.«

Lena schaut mit großen Augen abwechselnd auf Fellow und dann wieder zu ihrem Bruder. »Wie ist so etwas möglich – gibt es dafür eine Erklärung?«

»Erklären kann ich es auch nicht«, meint Marco, »aber ich kann mir denken, dass auf dem Planeten Novis die Bewohner sich mit den Tieren ganz normal unterhalten können.«

»So müsste es hier auf der Erde auch sein«, meldet sich Fellow zu Wort, »aber hier versteht uns ja leider niemand.«

»Ich bin überzeugt«, glaubt Marco, »wenn wir so lange mit den Tieren gemeinsam leben wie die Bewohner auf Novis, werden wir ebenfalls miteinander reden können. Vielleicht gibt dort ganz andere Tiere als auf der Erde.«

»Davon haben wir aber jetzt nichts.« Fellow ist enttäuscht und legt sich wieder in sein Körbchen.

Lena schaut Marco fragend an: »Welche Überraschungen werden wir noch mit diesen Dingern erleben?« Dabei zeigt sie auf ihr Heli.

»Dann schauen wir doch einfach mal nach, was die Geräte uns noch zu bieten haben«, gibt sich Marco unternehmungslustig.

Bequem lehnt er sich auf der Couch zurück und drückt auf seinem Handy die rote Taste. Neugierig setzt sich Lena neben ihren Bruder, um mitzuschauen, was auf dem Display erscheint.

Zunächst erscheint wieder der Hinweis, dass man mit dem grünen Knopf beamen kann. Danach ist das Sprechen mit Tieren angezeigt, wenn die silberne Taste gerückt wird.

»Das wissen wir ja schon«, stellt Lena fest. Unruhig und voller Spannung rutscht sie auf der Couch hin und her. »Mach schon weiter«, fordert sie ihren Bruder ungeduldig auf.

Betont langsam drückt Marco den roten Knopf. Nachdem er gelesen hat, was auf dem Display steht, reicht er Lena mit ungläubigem Kopfschütteln das Heli: »Ich kann einfach nicht glauben, was hier steht.«

Während Lena das Heli entgegennimmt, meint sie: »Dass wir uns mithilfe der Geräte beamen und mit den Tieren sprechen können, haben wir ja auch erst nicht glauben können.« Laut liest sie dann vor: »Wenn ihr einmal die gelbe Taste drückt, könnt ihr die Zeit anhalten. Bei zweimaligem Drücken läuft die Zeit sogar rückwärts. Man kann sich damit um Tage, Monate oder sogar Jahre zurückversetzen, wenn das entsprechende Datum eingegeben wird. Beim Betätigen der roten Taste seid ihr wieder in der normalen Zeit.«

Für einen Moment sitzen beide da, ohne ein Wort zu sagen. Lena findet zuerst ihre Sprache wieder und meint mit einem verschmitzten Lächeln: »Wenn ich einmal den Bus verpasse, lasse ich die Zeit einfach so lange zurücklaufen, bis der Bus wieder an der Haltestelle steht und ich in aller Ruhe einsteigen kann.«

»Ja, das müsste gehen«, stimmt Marco ihr zu. »Am liebsten würde ich sofort ausprobieren, ob das auch funktioniert.«

Lena ist aufgestanden und zum Fenster gegangen. Nachdem sie einige Zeit dem Straßenverkehr zugeschaut hat, kommt ihr plötzlich eine Idee.

»Wir könnten doch den Verkehr anhalten oder rückwärtslaufen lassen.«

Marco kommt ebenfalls zum Fenster, schaut einige Zeit dem Verkehr zu und fragt dann zögernd: »Sollen wir es wirklich ausprobieren?«

»Na klar – irgendwann machen wir es ja doch – also können wir es auch jetzt tun.«

Marco kann sich nicht entschließen, auf die gelbe Taste zu drücken. Entschlossen nimmt Lena ihr eigenes Heli und drückt auf den gelben Knopf.

Im gleichen Moment ist nichts mehr von dem Straßenlärm zu hören. Alle Fahrzeuge auf der Straße bleiben stehen. Auch

Fußgänger, die sich auf dem Bürgersteig befinden, stehen da wie Standbilder.

Ein Vogel, der zu einem Baum fliegen will, bleibt einfach in der Luft stehen.

Lena und Marco schauen fassungslos und ungläubig aus dem Fenster. Beide sind so erstaunt und fasziniert, dass sie kein Wort herausbringen.

Erst als Lena sich umdreht und Fellow bewegungslos im Zimmer stehen sieht, ruft sie erschrocken: »Marco – sieh mal zu Fellow – er bewegt sich nicht mehr!«

»Oh mein Gott!«, bringt Marco nur erschrocken hervor. Er läuft in die Küche, um dort auf die Uhr zu schauen. »Der Sekundenzeiger bewegt sich auch nicht mehr«, ruft er. Marco kommt eilig zurück zu Lena und fordert sie auf, schnellstens die rote Taste auf dem Heli zu drücken.

Mit zittrigen Händen nimmt Lena ihr Gerät und drückt auf die rote Taste. Im gleichen Moment läuft alles wieder normal ab. Man hört die Motorengeräusche der Autos und als beide zum Fenster hinausschauen, sehen sie, wie die Leute auf dem Bürgersteig weitergehen, als wäre nichts geschehen. Der Vogel ist weitergeflogen und sitzt nun auf einem Baum. Fellow hat mittlerweile sein Körbchen aufgesucht und der Sekundenzeiger der Küchenuhr hat sich wieder in Bewegung gesetzt. Erleichtert blicken sich Lena und Marco an.

»Puh«, stöhnt Lena. Sie wischt sich mit der Hand über die Stirn. »Das ist ja ein Ding – ich kann das alles einfach nicht glauben!«

»Denke daran, was Helion uns gesagt hat«, erinnert Marco sie. »Ihre Technik ist uns um viele Tausend Jahre voraus. Es ergibt deshalb keinen Sinn, darüber nachzudenken, weil wir es sowieso nicht begreifen würden.«

»Da hast du natürlich recht«, stimmt Lena zu, »aber etwas unheimlich ist es schon, was man mit diesen Geräten alles anstellen kann.« Sie schaut etwas ungläubig auf ihr Heli. »Hier ist noch eine Taste«, meint sie dann. Dabei zeigt sie auf den blauen Knopf. »Was für eine Überraschung wird der wohl noch bringen?«

»Schauen wir doch einfach nach«, meint Marco lakonisch.

Er nimmt sein Gerät und betätigt so lange die rote Taste, bis die blaue Farbe auf dem Display erscheint. Laut liest er vor:

»Mit diesem Gerät könnt ihr Krankheiten und Verletzungen heilen, die nur schwer oder gar nicht von eurer heutigen Medizin behandelt werden können. Dies gilt aber nur für euren Familien- und Freundeskreis oder Menschen, denen ihr zufällig begegnet und die eure Hilfe benötigen.

Ihr kennt nun alle Funktionen eurer Geräte. Ich hoffe und wünsche, dass ihr sorgfältig und überlegt mit den Möglichkeiten, die euch die Geräte bieten, umgeht. Alle Funktionen sind so eingestellt, dass ihr, bis auf einige kleine Ausnahmen, den normalen Ablauf auf der Erde nicht beeinflussen könnt.

Euer Freund Helion«

Wortlos stehen Marco und Lena am Fenster, nehmen aber nicht wahr, was draußen geschieht. Zu sehr sind ihre Gedanken bei den Möglichkeiten, die ihnen durch die Geräte gegeben sind. Erst das leise Bellen von Fellow reißt sie aus ihren Gedanken. »Er will Gassi gehen«, sagt Marco nur. »Ja, ich weiß«, erwidert Lena, »um diese Zeit will er immer hinaus.«
Sie nimmt die Hundeleine, befestigt sie am Halsband von Fellow und geht mit ihm zur Tür hinaus. Ihr Heli steckt sie in ihre Jackentasche. Nachdem sie auf dem Bürgersteig eine Weile

gegangen ist, begegnet ihr ein Junge mit einer Dogge. Beide Hunde fangen gleichzeitig zu bellen an und wollen aufeinander losgehen.

Da Fellow nicht so groß ist, kann Lena ihn zurückhalten; doch die Dogge ist stärker als der Junge und kommt immer näher.

Eilig holt Lena ihr Heli aus der Jackentasche und drückt auf die silberne Taste. Laut ruft sie: »Hört sofort auf, euch zu zanken, und benehmt euch anständig! Es nimmt doch keiner dem anderen etwas weg.«

Sofort hören beide Hunde auf zu bellen und an ihren Leinen zu ziehen. Mit tiefer Stimme brummelt die Dogge: »Wieso kann ich dich verstehen und mit dir reden?« »Um das zu erklären«, erwidert Lena, »habe ich jetzt keine Zeit. Ich will nur, dass ihr euch vertragt und nicht ohne Grund aufeinander losgeht.«

Die beiden Hunde beschnuppern sich. Es ist keine Feindschaft mehr zu spüren. Wortlos und staunend steht der Junge da. Er kann das alles nicht begreifen. Hat sein Hund eben wirklich gesprochen?!

Lena drückt wieder die silberne Taste und geht mit Fellow weiter. Zu dem Jungen sagt sie: »Vielleicht sehen wir uns ja wieder.« »Ja, vielleicht«, ist das Einzige, was der Junge herausbringt.

Als Lena außer Hörweite ist, bückt sich der Junge zu seinem Hund und fragt: »Kannst du wirklich sprechen?« Außer einem »Wau« bekommt er aber nichts zu hören. »Dann bin ich ja beruhigt«, murmelt er leise vor sich hin und geht zufrieden mit seinem Hund weiter.

Bei Lena klingelt plötzlich das Handy. Marco ruft an und bittet sie so schnell wie möglich nach Hause zu kommen. »Ist etwas passiert?«, fragt sie besorgt, da Marcos Stimme aufgeregt klingt.

»Unsere Eltern sind früher zurückgekommen, weil Mutter krank geworden ist. Der Arzt ist schon bei ihr.«

Lena nimmt Fellow auf den Arm, greift zum Heli und beamt sich nach Hause. Eilig läuft sie ins Haus. Marco empfängt sie im Flur. »Was ist passiert?«, fragt sie aufgeregt. »Wo ist Mutter?«

Beruhigend legt Marco seinen Arm um ihre Schulter und meint: »Es wird schon nicht so schlimm sein. Der Arzt und Vater sind jetzt bei ihr im Schlafzimmer.«

»Hat sie Schmerzen?«, fragt Lena besorgt. »Ja, sehr starke sogar. Vater sagt, sie ist auf einer Treppe ausgerutscht und auf den Rücken gefallen. Wir mussten sie stützen, als sie ins Haus ging.«

In dem Moment kommen der Arzt und Vater aus dem Schlafzimmer. Als sie die fragenden Blicke von Lena und Marco sehen, sagt der Arzt: »Wir müssen eure Mutter zum Röntgen ins Krankenhaus bringen. Gegen die Schmerzen habe ich ihr eine Spritze gegeben. Der Krankenwagen ist schon angefordert – er wird gleich hier sein.«

Es dauert etwa fünf Minuten, bis der Krankenwagen vorfährt. Die Mutter wird von den Rettungssanitätern auf einer Trage zum Krankenwagen getragen.

»Was machst du jetzt?«, will Marco von seinem Vater wissen.

»Ich fahre mit dem Auto hinterher und bleibe so lange im Krankenhaus, bis ich weiß, was für ein Ergebnis die Untersuchung gebracht hat.«

Nachdem die Autos weg sind, gehen Lena und Marco ins Haus. Wortlos sitzen sie eine ganze Weile in der Küche.

Fellow hat sich in einer Ecke verkrochen. Er merkt, dass die beiden in Sorge sind.

Schließlich unterbricht Lena das Schweigen. Sie nimmt ihr Heli in die Hand und schaut ihren Bruder an: »Denkst du auch, was ich denke?«, fordert sie Marco auf, etwas zu sagen.

»Ja«, erwidert Marco, »ich überlege schon die ganze Zeit, wie wir Mutter helfen können.«

»Und – was meinst du?«, will Lena wissen.

Nach kurzer Überlegung erklärt Marco seinen Plan.

»Zunächst müssen wir abwarten, bis Vater zurück ist. Er wird dann wohl wissen, welche Verletzungen die Schmerzen verursachen. Sollten die Verletzungen so schlimm sein, dass Mutter im Krankenhaus bleiben muss, werden wir sie morgen besuchen und versuchen, sie mithilfe der Helis zu heilen.«

»Und du glaubst, dass das so einfach geht?« Man sieht Lena an, dass es ihr schwerfällt zu glauben, was ihr Bruder da sagt.

Marco erinnert sie daran, was Helion zu ihnen gesagt hat: »Ihre Technik und auch ihre Medizin sind der unseren unvorstellbar weit voraus. Deshalb glaube ich fest daran, dass wir Mutter helfen können.«

»Hoffentlich«, ist die knappe, aber nicht überzeugende Antwort von Lena.

Nach zwei Stunden kommt der Vater zurück. Sein Gesichtsausdruck verheißt nichts Gutes. Ohne die Fragen seiner Kinder abzuwarten, informiert er sie darüber, was im Krankenhaus festgestellt wurde.

»Bei Mutter sind zwei Wirbel angebrochen. Wenn sie Glück hat, muss sie nicht operiert werden. Sie wird aber mehrere Wochen im Krankenhaus bleiben müssen.«

»Können wir sie besuchen?«, fragt Lena. »Natürlich – ihr könnt sie zu jeder Tageszeit besuchen.«

Marco schaut auf seine Uhr. »Wenn wir jetzt mit den Fahrrädern losfahren, sind wir bis zum Abend wieder zurück. Es sind ja nur fünf Kilometer bis zum Krankenhaus.«

Lena nickt eifrig: »Mutter wird sich bestimmt freuen, wenn wir sie noch heute besuchen.«

Nach kurzem Zögern stimmt der Vater zu: »Ist in Ordnung – ich kann euch ja verstehen. Mutter liegt auf Zimmer 37. Benutzt aber nur den Fahrradweg, wenn ihr zur Stadt fahrt.«

»Das machen wir doch immer«, beruhigt ihn Lena.

Nachdem sie etwa einen halben Kilometer gefahren sind, hält Marco plötzlich an. »Was ist los – hast du eine Panne?«, ruft Lena, die schon ein ganzes Stück weiter gefahren war. Sie fährt wieder zurück und sieht, wie Marco sein Heli in die Hand nimmt.

»Was hast du vor?«, fragt sie, obwohl sie sich schon denken kann, was Marco will. »Gib mir deine Hand«, sagt er nur, nachdem er sich vergewissert hat, dass niemand in ihrer Nähe ist.

Als Lena ihm die Hand gereicht hat, drückt Marco den entsprechenden Knopf auf seinem Heli und sagt nur: »Zum Eingang vom Städtischen Krankenhaus.« Dann betätigt er die grüne Taste. Im selben Augenblick stehen sie vor dem Krankenhaus.

Sie stellen ihre Fahrräder ab und begeben sich zum Eingang. Auf dem Weg dorthin meint Marco nur: »Ist doch besser so, als sich abzustrampeln.« »Da hast du recht«, stimmt Lena ihm anerkennend zu.

Kurz darauf stehen sie vor dem Zimmer 37. Bevor sie hineingehen, fragt Lena: »Sollen wir wirklich mit dem Heli versuchen, Mutter zu heilen?« »Natürlich«, gibt sich Marco vollkommen sicher. »Ich habe zu Helion und seinem Wissen volles Vertrauen.«

Behutsam öffnen sie die Zimmertüre. Es ist ein Zweibettzimmer. Die Mutter liegt im Bett am Fenster. Ihre Augen sind geschlossen. Lena streichelt ihr vorsichtig die Hand. »Hallo Mutter«, sagt sie leise. Langsam öffnet die Mutter ihre Augen. Als sie Lena erkennt, huscht ein schwaches Lächeln über ihr Gesicht: »Das freut mich aber, dass du da bist.« »Marco ist auch hier«, sagt Lena. »Das ist schön von euch.« Marco steht auf der anderen Seite des Bettes. »Hast du Schmerzen?«, fragt er. »Im Moment nicht. Man hat mir eine Spritze dagegen gegeben.«

In dem Moment kommt eine Schwester ins Zimmer. Als sie die Kinder sieht, fragt sie Frau Franke: »Sind das Ihre Kinder?« »Ja, das sind Lena und Marco.« »Leider wird eure Mutter gleich noch einmal zum Röntgen abgeholt, um zu sehen, ob eine Operation notwendig ist. Ihr könnt solange hier warten. Es dauert nicht lange.«

Nachdem die Schwester gegangen ist, schaut Lena fragend zu Marco. Nach kurzem Zögern nimmt der sein Heli zur Hand und sagt leise: »Okay – versuchen wir es, bevor sie abgeholt wird.«

Die Mutter hat wieder die Augen geschlossen und scheint zu schlafen.

Marco drückt zuerst die rote und dann die blaue Taste. Ein feines, kaum hörbares Summen ist zu hören. Vorsichtig bewegt er das Heli langsam über den gesamten Körper seiner Mutter.

Gerade hat er sein Heli ausgeschaltet, als zwei Krankenpfleger die Mutter zum Röntgen abholen. Sie hat die Augen wieder geöffnet. »Ich hatte eben einen wunderschönen Traum«, sagt sie. »Mir war, als würde ich auf einer weichen Wolke durch den Himmel fliegen. Es war herrlich.«

Während die Mutter beim Röntgen ist, liest Lena in einer Zeitschrift und Marco schaut zum Fenster hinaus.

Die Frau im anderen Bett bittet Lena: »Junges Fräulein, sei bitte so gut und schenke mir etwas Wasser in mein Glas – ich habe Durst.«

Lena geht zu ihrem Bett, füllt das Glas mit Wasser und gibt es der Frau. Nachdem das Glas geleert ist, stellt Lena das Glas wieder zurück auf den Nachttisch.

Die Frau bedankt sich und meint dann: »Eure Mutter und ich werden wohl noch lange hier im Krankenhaus bleiben.« »Warum sind Sie hier?«, will Lena wissen.

Die Frau erzählt, dass sie von einem betrunkenen Autofahrer angefahren wurde. Mit Tränen in den Augen sagt sie: »Mein linkes Bein ist mehrfach gebrochen. Ich weiß nicht, ob ich jemals wieder richtig werde laufen können.«

Lena schaut hinüber zu Marco, der sich umgedreht hat. Mit einer Geste deutet er an, dass Lena sich noch etwas mit der Frau unterhalten soll.

Während Lena mit der Frau über alle möglichen Dinge spricht, hat Marco sein Heli wieder wie bei seiner Mutter eingestellt.

Die Frau ist durch das Gespräch so abgelenkt, dass sie nicht bemerkt, wie Marco mit seinem Heli dicht über dem dick verbundenen Bein hin- und herfährt.

Nachdem Marco wieder am Fenster steht, fragt Lena die Frau: »Soll ich Ihnen noch etwas Wasser geben?« »Nein danke«, erwidert sie. »Ich möchte jetzt noch ein wenig schlafen. Es war nett, sich mit dir zu unterhalten.«

Lena geht wieder zurück auf ihren Stuhl, um weiter in einer Zeitschrift zu lesen.

Nach einer Viertelstunde wird die Mutter wieder ins Zimmer gebracht. Der eine Krankenpfleger schaut Marco an und sagt nur: »Es ist unbegreiflich – einfach nicht zu glauben.«

»Was meinen Sie damit?«, will Marco wissen und schaut den Krankenpfleger gespannt an.

In dem Moment kommt ein Arzt zur Tür herein. Er geht zum Bett der Mutter. Nachdem er sie einen Moment schweigend angeschaut hat, nimmt er ihre Hand und erklärt ihr: »Frau Franke – ich weiß nicht, was geschehen ist, aber Sie sind wieder völlig gesund. Auch von den Schürfwunden, die Sie sich beim Sturz zugezogen haben, ist nichts mehr zu sehen. Es grenzt an ein Wunder. Eine medizinische Erklärung gibt es nicht. Wir stehen alle vor einem Rätsel.«

»Bedeutet das – ich kann wieder nach Hause?«, fragt die Mutter ungläubig.

»Ja – von mir aus können Sie das Krankenhaus sofort verlassen.«

»Das ist ja wunderbar«, meldet sich Lena zu Wort, »es hat also funktioniert.«

»Was meinst du damit – es hat funktioniert?«, will der Arzt wissen. Ups! Lena merkt, dass sie etwas gesagt hat, das sie besser nicht hätte sagen sollen. Erschrocken hält sie sich die Hand vor den Mund.

Statt ihrer gibt Marco eine Antwort: »Meine Schwester meint, weil sie ganz fest die Daumen gedrückt und dabei die Augen geschlossen hat, ist unsere Mutter wieder gesund geworden.«

Der Arzt muss lachen: »Ja – wenn alles so einfach wäre.«

Marco fragt: »Kann ich meinen Vater anrufen, damit er unsere Mutter wieder nach Hause holt?«

Nach kurzer Überlegung stimmt der Arzt zu. »In Ordnung – es gibt keinen Grund, eure Mutter noch länger hierzubehalten.«

Nachdem der Arzt und die Krankenpfleger das Zimmer verlassen haben, sagt Marco: »Ich gehe nach draußen und rufe Vater per Handy an.«

»Ist gut«, stimmt Lena zu. »In der Zwischenzeit kann Mutter sich anziehen und ich packe alle ihre Sachen in eine Tasche.«

Nach einer Stunde sind alle wieder zu Hause. Lena hilft der Mutter beim Ausräumen der Tasche. Der Vater schaut den beiden zu. Immer wieder schüttelt er den Kopf und murmelt: »Ich kann es nicht fassen. Mir kommt das alles wie ein böser Traum vor.«

Auf einmal schaut die Mutter Lena an und fragt: »Was hast du im Krankenhaus eigentlich gemeint, als du sagtest, es hat also funktioniert?«

Verlegen schaut Lena zu Boden. Dann schaut sie hinüber zu Vater, der ebenfalls gespannt auf eine Antwort wartet.

Etwas zögerlich antwortet Lena: »Ich glaube, Marco und ich haben euch etwas zu sagen.«

In dem Moment kommt Marco mit einem Stück Wurst in der Hand aus der Küche. Als er das betretene Gesicht von Lena sieht, fragt er: »Ist etwas nicht in Ordnung?«

Ohne darauf zu antworten, sagt Lena: »Marco – wir werden jetzt Vater und Mutter alles erzählen, was passiert ist, während sie verreist waren.« Wortlos nickt Marco.

»Da sind wir aber gespannt, was ihr uns zu sagen habt«, äußert sich der Vater etwas ungeduldig und zugleich auch neugierig.

»Wir setzen uns jetzt erst mal alle an den Tisch«, fordert die Mutter auf, »dann spricht es sich leichter.«

Abwechselnd berichten Lena und Marco, wie sie mithilfe der Steinplatte in die Höhle gekommen sind, in der die Novisianer gefangen waren. Wie sie diese befreit und ihnen geholfen haben, wieder zu ihrem Raumschiff zu kommen.

»Aus Dankbarkeit schenkte uns der Kapitän Helion diese Geräte«, berichtet Marco. »Mit diesen Geräten kann man die tollsten Sachen machen.«

Als er erzählt, wie sie den Förster überlistet haben, müssen alle lachen.

»Was für tolle Sachen kann man denn mit diesen Dingern noch machen?«, will die Mutter wissen.

»Also, diese ›Dinger‹ nennen wir Heli – nach dem Namen des Kapitäns. Die Technik ist der unseren um über tausend Jahre voraus. Mit dem Heli konnten wir dich zum Beispiel wieder gesund machen. Deshalb sagte ich auch im Krankenhaus, dass es funktioniert hat.«

»Das müssen wir feiern!«, ruft der Vater begeistert. »Morgen braucht Mutter nichts zu kochen. Wir gehen alle zum Feuerwehrfest.«

»Wir dürfen aber mit niemandem darüber sprechen«, mahnt Marco. »Helion schreibt nämlich, dass die Geräte nur bei bestimmten Personen angewendet werden können.«

»Von uns erfährt keiner ein Sterbenswörtchen«, beruhigt ihn die Mutter. »Das würde uns sowieso keiner glauben.«

Bevor sie am nächsten Tag zum Feuerwehrfest gehen, liest die Mutter aus der Zeitung einen Bericht vom Krankenhaus vor: »Hört einmal, was hier steht. Im Zimmer 37 unseres Hauses wurden gestern zwei schwer verletzte Frauen wie durch ein Wunder von einer zur anderen Minute wieder völlig gesund. Die Ärzte stehen vor einem Rätsel und haben keine Erklärung dafür.«

Marco meint belustigt: »Hätten die uns gefragt – aber uns fragt ja niemand. Wir hätten es ihnen aber sowieso nicht gesagt.«

Dann gehen die vier zum Feuerwehrfest. Im Festzelt herrscht schon reger Betrieb. An einem Tisch finden sie noch vier freie Plätze. Vater bestellt für sich und seine Frau zwei Gläser Wein und für Lena und Marco zwei Cola Vom Imbissstand holt sich jeder etwas zu essen.

Plötzlich stößt Lena Marco, der gerade genussvoll seine Currywurst verspeist, in die Seite.

»Was ist los?«, brummelt Marco.

»Schau mal, wer da auf uns zukommt!«, flüstert Lena in Marcos Ohr.

»Oh Gott!«, bringt Marco nur hervor und verschluckt sich fast an seiner Wurst.

»Was ist los?«, fragt die Mutter.

»Der Förster kommt hierher – was sollen wir jetzt bloß machen?« Etwas hilflos schaut Lena zum Vater.

»Ihr habt doch nichts verbrochen – oder?« Der Vater schaut beide fragend an.

»Natürlich haben wir nichts Unrechtes getan«, antwortet Marco, »aber der Förster glaubt, wir hätten die Kiste, von der wir euch erzählt haben, gestohlen.«

In dem Moment ist der Förster auch schon bei ihnen.

»Ich wusste doch, dass ich euch Diebe wiederfinden würde«, sagt er mit einem triumphierenden Lächeln. Man merkt ihm an, dass er schon reichlich Alkohol getrunken hat.

Wütend steht der Vater auf, stellt sich vor den Förster und spricht leise, aber bestimmt: »Meine Kinder sind keine Diebe. Ich möchte, dass Sie sich sofort entschuldigen. Wenn Sie es nicht tun, werde ich Sie wegen Beleidigung anzeigen.«

In dem Augenblick kommt ein Polizist ins Zelt. Der Förster gibt ihm durch einen Wink zu verstehen, dass er zu ihm kommen soll.

Marco hat schnell geschaltet und auf seinem Heli eingegeben: Bitte draußen zur Schießbude.

Der Polizist kommt zu dem Tisch, an dem Lena und Marco mit ihren Eltern sitzen, und möchte vom Förster wissen, warum er ihn zu sich gebeten hat.

»Ich möchte diese beiden Kinder wegen Diebstahls anzeigen.«

Während der Förster mit dem Polizisten spricht, nimmt Marco die Hand von Lena und drückt die grüne Taste auf seinem Heli.

Im gleichen Augenblick stehen die beiden draußen an der Schießbude. Die zwei Cola-Flaschen haben sie mitgenommen.

»Welche Kinder meinen Sie?«, fragt drinnen der Polizist.

»Diese beiden hier«, lallt der Förster mit schwerer Zunge. Er wendet sich wieder dem Tisch zu, an dem nun nur noch Frau und Herr Franke sitzen.

Fassungslos greift er sich an die Stirn. »Jetzt sind sie wieder weg. Jedes Mal, wenn ich glaube, sie gefasst zu haben, verschwinden sie einfach.«

Etwas mitleidig klopft der Polizist dem Förster auf die Schulter und meint: »Ich glaube, Sie haben etwas zu viel getrunken.

Es ist besser, Sie gehen jetzt nach Hause und schlafen sich erst einmal richtig aus.«

Während der Förster wortlos zum Ausgang schwankt, plaudert der Polizist noch etwas mit Herrn und Frau Franke. Zum Schluss meint er: »Ja, ja, der Alkohol. Er hat schon manchen um den Verstand gebracht. Entschuldigen Sie bitte die kleine Störung.«

»Ist schon okay«, erwidert Herr Franke.

Als der Förster aus dem Zelt herauskommt, sieht er Lena und Marco an der Schießbude stehen. Einen Moment bleibt er stehen und überlegt, ob er zu ihnen gehen soll. Doch dann winkt er resignierend ab und verlässt, irgendetwas vor sich hin brummend, den Festplatz.

Lena und Marco gehen wieder zurück zu ihren Eltern. Der Vater muss lachen: »Das war ja eine tolle Vorführung von euch. Hoffentlich hat keiner etwas gemerkt.«

Nachdem jeder noch etwas getrunken und gegessen hat, machen sie sich auf den Heimweg. Unterwegs sagt Lena: »Fellow wird sich freuen, wenn wir wieder zurück sind.«

Plötzlich sehen sie, wie Frau Bellmann, ihre Nachbarin, aus dem Haus gelaufen kommt. Auf dem Bürgersteig schaut sie aufgeregt nach allen Seiten. Dann schlägt sie die Hände vors Gesicht.

Herr Franke geht zu ihr hin und fragt: »Ist etwas passiert?«

Weinend berichtet sie: »Man hat bei mir eingebrochen. Mein ganzes ersparte Geld ist weg.«

»Haben Sie jemanden gesehen?«, will Herr Franke wissen.

»Nein – ich war doch auf dem Feuerwehrfest. Nur mein Hund war zu Hause.«

»Sie sollten die Polizei rufen«, rät Frau Franke.

»Ja, das werde ich tun, aber bringen wird es wohl nicht viel – es sei denn, es findet sich ein Zeuge.«

»Wo war denn Ihr Hund, als eingebrochen wurde?«, fragt Marco.

»Mein Foxel«, sagt Frau Bellmann, »kann überall in der Wohnung hin. Ich lasse immer alle Türen auf.«

»Dann hat er also den oder die Einbrecher gesehen«, stellt Marco fest.

»Da bin ich mir ganz sicher«, ist Frau Bellmann überzeugt.

»Können wir Ihren Hund einmal sehen?«, will Lena wissen.

»Natürlich«, antwortet Frau Bellmann. »Geht nur hinein – er kennt euch ja.«

Während Marco und Lena ins Haus gehen, unterhält sich Frau Bellmann mit den Eltern.

Drinnen im Flur holt Marco sein Heli aus der Tasche und drückt auf die silberne Taste. Leise ruft er: »Hallo Foxel – wo bist du? Komm her, wir wollen mit dir reden.«

Langsam kommt der Hund aus dem Wohnzimmer. Mit dem linken Hinterbein tritt er nur ganz vorsichtig auf.

»Bist du verletzt?«, fragt Lena.

»Ja – der Schindler von nebenan hat mich …« Verdutzt schaut Foxel die beiden mit großen Augen an: »Wieso kann ich mit euch reden?«

»Das ist im Augenblick nicht so wichtig«, antwortet Marco. »Wir möchten nur wissen, ob du den Dieb erkannt hast.«

»Ja«, erwidert Foxel. »Wie ich schon sagte, war der Schindler von nebenan hier. Als ich ihn bemerkte, habe ich ihn angebellt. Nachdem ich ihn in die Wade gebissen hatte, trat er nach mir. Ich flog durch das halbe Zimmer. Es tat so weh, dass ich mich in eine Ecke verkrochen habe.«

»Sollen wir dich zu einem Tierarzt bringen?«, fragt Lena.

»Nein, nein, das braucht ihr nicht. Es geht mir ja schon wieder besser.«

Marco nimmt sein Heli und zeigt es Foxel: »Dieses Gerät macht möglich, dass wir uns mit dir unterhalten können. Ich werde es aber jetzt wieder abstellen. Es muss leider sein.«

»Schade«, wollte Foxel noch sagen, aber Marco hatte bereits die silberne Taste gedrückt. Deshalb war nur ein leises »Wau« zu hören.

Lena und Marco gehen wieder nach draußen. Frau Bellmann will sich gerade von den Eltern verabschieden. Marco geht zu ihr hin und sagt: »Wir wissen jetzt, wer bei Ihnen eingebrochen hat. Einen Zeugen haben wir auch.« Ungläubig schaut Frau Bellmann Marco an und weiß nicht so recht, was sie sagen soll.

»Wer soll es denn gewesen sein?«, fragt sie dann und schaut Marco neugierig an.

»Es war Ihr Nachbar, der Herr Schindler.«

»Der Herr Schindler?« Mit hochgezogenen Augenbrauen schaut Frau Bellmann abwechselnd zu Marco und Lena.

»Ja«, bestätigt Lena, »es war der Herr Schindler.«

»Von wem wisst ihr das?«

»Ihr Foxel hat es uns gesagt«, erwidert Marco.

»Mein Foxel?«, ruft Frau Bellmann. »Veralbert bitte nicht eine alte Frau, die ihr ganzes Geld verloren hat.«

Da meldet sich Herr Franke zu Wort: »Ich kann Sie ja verstehen, Frau Bellmann, dass es sich wie ein schlechter Witz anhört. Es ist auch schwer zu begreifen; aber meine Kinder haben Sie nicht angelogen. Sie können mir das glauben.«

»Na gut«, beruhigt sich Frau Bellmann. »Wenn Sie so davon überzeugt sind, wird es wohl stimmen, obwohl ich meinen Foxel noch nie sprechen gehört habe. Ich werde jetzt hineingehen und bei der Polizei Anzeige gegen Herrn Schindler erstatten.«

»Ja – machen Sie es so«, stimmt Herr Franke zu. »Wenn es dann zur Gerichtsverhandlung kommt, werden meine Kinder dort sein. Sagen Sie uns vorher Bescheid.«

»In Ordnung – ich melde mich dann bei Ihnen«, antwortet Frau Bellmann und geht zurück ins Haus.

Zwei Wochen später ruft Frau Bellmann an, um den Frankes mitzuteilen, dass die Gerichtsverhandlung morgen um 15.00 Uhr stattfindet. Lena ist am Telefon. Sie merkt, dass Frau Bellmann sehr aufgeregt ist. Beruhigend sagt sie: »Machen Sie sich keine Sorgen; es wird alles gut werden. Marco und ich kommen morgen bei Ihnen vorbei. Mit dem Bus fahren wir dann gemeinsam zum Gericht in die Stadt. Foxel nehmen wir natürlich auch mit.«

Als sie am nächsten Tag im Bus sitzen, kommen Frau Bellmann erneut Zweifel: »Ich weiß nicht, ob es richtig ist, dass es zu einer Verhandlung kommt, denn schließlich kann ich mir keinen Anwalt leisten.«

»Dafür haben wir aber einen Zeugen, der den Herrn Schindler bei dem Diebstahl gesehen hat.« Marco sagt es so überzeugend, dass sich Frau Bellmann wieder etwas beruhigt.

Als sie vor dem Gerichtssaal stehen, kommt ein Gerichtsdiener auf sie zu und erklärt ihnen, dass Hunde nicht in den Gerichtssaal dürfen.

»Aber er ist doch unser Zeuge«, wirft Lena ein. »Er ist der Einzige, der den Angeklagten bei dem Diebstahl beobachtet hat.«

»Na gut«, lenkt der Gerichtsdiener ein, »das entscheidet der Richter.«

Kurz darauf kommt auch Herr Schindler mit seinem Anwalt. Als Foxel ihn sieht, wird er ganz unruhig und fängt an zu knurren. Schnell drückt Marco auf die silberne Taste von seinem Heli und flüstert ihm ins Ohr: »Du musst jetzt ganz ruhig bleiben, sonst darfst du am Ende nicht bei der Verhandlung dabei sein.«

Einige Minuten später werden die beiden Parteien in den Gerichtssaal gerufen. Vom Gerichtsdiener werden ihnen ihre Plätze zugewiesen.

Der Richter beginnt mit den Worten: »Hiermit eröffne ich die Verhandlung Bellmann gegen Schindler. Der Angeklagte wird beschuldigt, am 29. Juni in das Haus von Frau Bellmann eingedrungen zu sein und ihr erspartes Geld gestohlen zu haben. Als Zeuge wird hier der Hund von Frau Bellmann genannt. Er soll zusammen mit Marco Franke im Zeugenstand aussagen.«

Der Anwalt von Herrn Schindler springt wütend auf: »Herr Richter, ich protestiere aufs Heftigste dagegen, dass ein Hund als Zeuge bei einer Gerichtsverhandlung aussagen soll. Wir befinden uns doch hier nicht in einer Zirkusveranstaltung!«

Für einen Moment überlegt der Richter, bevor er antwortet: »In keinem Gesetzbuch steht, dass es verboten ist, einen Hund als Zeugen vor Gericht zuzulassen. Wie das funktionieren soll, weiß ich zwar auch nicht, aber ich denke, wir werden es gleich erfahren.«

Marco und Foxel werden gebeten, sich in den Zeugenstand zu begeben. Der Anwalt von Herrn Schindler schüttelt nur ungläubig mit dem Kopf. So etwas hat er in seiner Laufbahn noch nicht erlebt.

Im Zeugenstand angekommen, fragt Marco: »Herr Richter, darf ich vor der Befragung etwas erklären?«

»Ja – aber nur, wenn es der Wahrheitsfindung dient.«

»Das tut es«, erwidert Marco.

»Dann lass uns hören, was du zu sagen hast.«

»Also, ich weiß«, beginnt Marco, »dass es etwas ungewöhnlich ist, einen Hund vor Gericht als Zeugen zu sehen. Ich möchte deshalb Folgendes erklären.« Er holt sein Heli hervor und hält es in die Höhe. »Mit diesem Gerät, das es sonst nirgendwo gibt, können Tierstimmen in die menschliche Sprache umgewandelt werden.«

»Da ist bestimmt ein Trick dabei«, ruft der Anwalt. »So etwas gibt es doch gar nicht.«

Auch der Richter schaut Marco skeptisch an und mahnt: »Solltest du hier mit irgendwelchen Tricks arbeiten, kann das für dich schwerwiegende Folgen haben.«

Marco, der inzwischen den silbernen Knopf auf seinem Heli gedrückt hat, versichert, dass keine Tricks angewendet werden und alles korrekt sowie ehrlich abläuft. Zum Richter gewandt, sagt er dann: »Sie können jetzt mit der Befragung anfangen.«

»Wie heißt der Hund überhaupt?«, will der Richter wissen und fügt schmunzelnd hinzu: »Muss ich ihn mit Sie anreden oder kann ich auch Du sagen?«

»Der Hund heißt Foxel und Sie können ihn anreden, wie Sie möchten«, antwortet Marco.

»Gut – dann wollen wir zum ersten Mal in der Geschichte der Rechtsprechung mit der Befragung eines Hundes vor Gericht beginnen.«

Richter: »Foxel, befindet sich die Person, die bei deinem Frauchen eingebrochen ist und das Geld gestohlen hat, hier in diesem Raum?«

Foxel, der bei Marco auf dem Schoß sitzt und seine Vorderbeine auf das Geländer vom Zeugenstand gestellt hat, antwortet: »Ja – es ist dort der Mann in der braunen Jacke.« Dabei zeigt er mit der rechten Vorderpfote auf Herrn Schindler.

Wütend springt der Anwalt auf und ruft: »Herr Richter, ich protestiere aufs Schärfste, dass ein Hund meinen Mandanten als Dieb bezeichnet. So etwas hat es vor einem ordentlichen Gericht noch nie gegeben.«

»Ja – das stimmt«, gibt der Richter ihm recht. Und zu Foxel gewandt: »Das ist eine schwere Anschuldigung, die du hier machst. Kannst du es auch beweisen?«

»Das kann ich, Herr Richter. Als der Herr Schindler bei uns in der Wohnung war, habe ich ihn kräftig in die linke Wade gebissen. Das ist bestimmt heute noch zu sehen.«

»Wenn das stimmt, wäre das ein Beweis.« Der Richter fordert Herrn Schindler auf, seine linke Wade frei zu machen.

So weit kommt es aber erst gar nicht. Herr Schindler springt auf und ruft erregt: »So ein doofer Hund! Ich hätte in tottreten sollen, dann stünde ich jetzt nicht hier vor Gericht.«

Damit war die Angelegenheit geklärt, denn durch seine Aussage hatte Herr Schindler die Tat gestanden.

Der Richter verurteilte Herrn Schindler wegen Diebstahls. Das gestohlene Geld muss er Frau Bellmann natürlich wieder zurückgeben. Außerdem bekommt Frau Bellmann den Schaden ersetzt, der in der Wohnung durch Herrn Schindler verursacht wurde.

»Damit ist die Verhandlung beendet.« Der Richter bittet die Beteiligten, sich nach draußen zu begeben.

Auf dem Nachhauseweg sagt Frau Bellmann: »Ich bin ja so froh, dass ich mein Geld wieder zurückbekomme. Weil ihr mir so toll geholfen habt, lade ich euch am Sonntag zu Kaffee und Kuchen ein.«

Nachdem sie ausgestiegen sind, verabschieden sie sich voneinander. Lena stößt Marco in die Seite und fragt:»Hast du eigentlich das Sprechen vom Foxel wieder abgestellt?« Marco schlägt sich an die Stirn:»Das habe ich doch glatt vergessen!«

Frau Bellmann und Foxel stehen noch vor der Haustür. Marco ruft:»Foxel, komm doch bitte mal zu mir.«

Foxel kommt angelaufen:»Was ist los?«

»Leider muss ich dir die menschliche Sprache wieder entziehen«, bedauert Marco.

»Schade« brummelt Foxel.

Nachdem Marco die silberne Taste gedrückt hat, läuft Foxel mit einem leisen»Wau« zurück zu Frau Bellmann und ist kurz darauf mit ihr im Haus verschwunden.

Zu Hause erzählen Marco und Lena, wie es bei der Gerichtsverhandlung war. Die Mutter meint besorgt:»Jetzt wird es wohl überall bekannt werden, dass ihr mit Tieren sprechen könnt.«

»Das glaube ich nicht«, beruhigt Lena sie,»denn der Richter sagte uns nach der Verhandlung, dass laut seinem Bericht der Zeuge Foxel den Angeklagten überführt habe. Dass es sich dabei um einen Hund handele, brauche er nicht extra zu erwähnen.«

»Und was ist mit Herrn Schindler und seinem Anwalt?«, fragt die Mutter weiter.

Daraufhin meint Marco:»Ich kann mir nicht vorstellen, dass die beiden sich lächerlich machen und irgendwo erzählen werden, dass sie durch die Aussage eines Hundes den Prozess verloren haben.«

»Ja, das glaube ich auch«, ist die Mutter beruhigt.

Die nächsten Tage vergehen, ohne dass etwas Außergewöhnliches passiert. Das ändert sich aber schlagartig, als eines Tages Marco mit verärgertem Gesicht aus der Schule kommt. Da er später als gewöhnlich nach Hause kommt, fragt ihn die Mutter: »Hast du den Bus verpasst?« »Nein«, antwortet Marco und wirft zornig seine Schultasche auf den Boden.

Lena, die schon zu Hause ist, kann sich nicht verkneifen zu sagen: »Hat dich deine Freundin versetzt?« Mit einem bösen Blick schaut Marco seine Schwester an, ohne etwas zu erwidern.

An seine Mutter gewandt, möchte er wissen: »Haben wir ein Buch, in dem man etwas darüber lesen kann, wie die Menschen hier bei uns im Mittelalter gelebt haben?«

»Nein, mein Junge«, bedauert die Mutter, »so etwas haben wir leider nicht. Das Einzige, was ich gehört habe, ist, dass das Schloss in Westerburg, oberhalb der Stadt, etwa achthundert Jahre alt ist. Hast du in der Stadt versucht, entsprechende Lektüre zu bekommen?«

»Natürlich – deswegen bin ich ja heute später nach Hause gekommen. In keinem Buchladen habe ich etwas erhalten. Alles über dieses Thema war schon verkauft. Ich war einfach zu spät. Deshalb ärgere ich mich ja so.«

»Für was brauchst du denn sowas?«, will die Mutter wissen.

Marco, der sich wieder etwas beruhigt hat, erklärt der Mutter, dass morgen im Unterricht über dieses Thema gesprochen werde. »Der Lehrer meinte«, fährt Marco fort, »dass es schön wäre, wenn einige Schüler zu diesem Thema etwas sagen könnten.«

»Dann beamen wir uns doch einfach ins Mittelalter«, meldet sich jetzt Lena zu Wort. »Mit den Helis müsste das doch möglich sein.«

Marco macht eine Faust mit dem Daumen nach oben. Zu Lena gewandt sagt er: »Mensch, Schwesterchen, das ist DIE Idee. Warum bin ich nicht selber daraufgekommen?«

»Weil du vor lauter Ärger nicht mehr klar denken kannst«, erwidert Lena mit einem überlegenen Lächeln.

Die Mutter schaut von einem zum anderen und äußert sich besorgt: »Das wollt ihr doch nicht wirklich machen?!«

»Doch«, sagt Marco, »aber nicht wir, sondern ich alleine werde mich in die Zeit zurückbeamen. Schließlich will ich ja etwas über das Mittelalter in Erfahrung bringen.«

Lena ist aufgesprungen. Böse schaut sie Marco an und stampft mit einem Bein auf den Boden: »Wer hat denn die Idee gehabt? Ohne mich wärst du gar nicht auf den Gedanken gekommen! Außerdem interessiert es mich auch, wie die Leute früher bei uns gelebt haben. Und noch etwas: Fellow kommt auch mit!«

Durch das forsche Auftreten seiner Schwester schaut Marco etwas ratlos zur Mutter. Die zuckt nur mit den Schultern und meint: »Das müsst ihr unter euch ausmachen.«

»Na gut«, stimmt Marco schließlich zu.

»Wartet aber, bis Vater heute Abend nach Hause kommt. Mit ihm könnt ihr euch über euer Vorhaben beraten«, schlägt die Mutter vor.

»Das brauchen wir nicht«, entgegnet Marco. »Für dich sind wir nur eine Minute weg. Mit den Helis können wir die Zeit für das Zurückkommen so einstellen, dass wir nur eine Minute später wieder hier sind.«

Lena schlägt vor: »Wäre es nicht besser, wenn wir Helion anrufen, damit er uns einige Ratschläge gibt? Er hat schließlich schon mehrere Zeitreisen unternommen.«

»Ja«, meint Marco. »Ein paar Tipps könnten nicht schaden. Wie war das noch? Was müssen wir tun, um mit ihm in Verbindung zu treten?«

»Siehst du«, triumphiert Lena. »Jetzt brauchst du mich schon wieder. Du musst alle vier Farben auf einmal drücken.«

»Ach ja«, erinnert sich Marco. »Mir wäre es bestimmt auch noch eingefallen.«

Er nimmt sein Heli und drückt gleichzeitig alle vier Tasten. Eine Weile geschieht nichts. Lena fragt ungeduldig: »Hast du auch richtig auf die Tasten gedrückt?«

»Natürlich«, erwidert Marco. »Bei dieser großen Entfernung dauert es halt ein bisschen länger, bis eine Verbindung hergestellt ist.«

Plötzlich blinkt der rote Knopf. Marco ruft aufgeregt: »Hallo – ist da jemand?«

Dann hören sie Helion: »Lena und Marco – seid ihr es?«

»Ja, wir sind es«, rufen beide gleichzeitig. »Wie geht es dir und deinem Volk?«, will Marco wissen.

»Uns geht es prima. Wir konnten uns von den Aresianern befreien und haben nun wieder Frieden auf unserem Planeten.«

»Das ist ja wunderbar«, freut sich Marco. »Wir haben nun eine Bitte an dich«, fährt er fort. »Lena und ich möchten mit unserem Hund eine Zeitreise ins Mittelalter machen. Da du mit Zeitreisen Erfahrung hast, bitten wir dich, uns ein paar brauchbare Tipps zu geben.«

»Das will ich gerne tun«, erklärt sich Helion gern bereit.

»Erstens: Nehmt nur Geräte mit, die mit Batterien funktionieren, denn in dieser Zeit gibt es noch keinen Strom. Eure normalen Handys könnt ihr zu Hause lassen, denn Funkmasten oder Satelliten waren noch nicht erfunden. Nehmt genügend Proviant und Kleidung mit. Zum Schlafen wären Schlafsäcke angebracht. Um Eindruck zu machen, packt Feuerzeuge, Taschenlampen und so weiter ein. Auch einige Medikamente wie Antibiotika oder Schmerztabletten würde ich mitnehmen. Wichtig ist vor allem, dass ihr immer wachsam seid, denn man kann nie wissen, wie die Menschen reagieren.«

Lena und Marco haben aufmerksam zugehört. Sie bedanken sich bei Helion für die brauchbaren Ratschläge und wünschen ihm alles Gute.

Nach einer Stunde haben sie alle Sachen in ihre Rucksäcke gepackt. Marco hat auch Feuerwerkskörper mitgenommen, die von Silvester übrig geblieben waren.

»Habt ihr auch Hundefutter für Fellow dabei?«, fragt die Mutter mit einem etwas besorgten Blick. Lena klopft ihr liebevoll auf die Schulter. »Mach dir keine Sorgen, Mutti – wir haben alles Notwendige eingepackt.«

Gemeinsam gehen sie aus dem Haus. Draußen holt Marco sein Heli aus der Tasche. Er gibt das Datum von dem Jahr ein, in das sie reisen wollen. Es sind genau achthundert Jahre zurück.

»So, wir können jetzt«, sagt er. Man merkt ihm die Anspannung an. Lena drückt Fellow fest an sich. Marco legt seine Hand auf Lenas Schulter und fragt: »Bist du bereit?« »Von mir aus kann es losgehen«, gibt sich Lena unternehmungslustig.

Bevor Marco die gelbe Taste auf seinem Heli drückt, mahnt die Mutter: »Passt gut auf euch auf und kommt gesund zurück.«

Dann geht alles ganz schnell.

Lena und Marco sehen – wie durch eine Nebelwand – Häuser verschwinden. Bäume fallen um und es wachsen wieder neue. Die Wechsel von Tag und Nacht empfinden sie wie helle Blitze. Lena will schreien, doch sie bekommt keinen Ton heraus.

Dann ist plötzlich alles vorbei. Die drei stehen noch genau so wie vor der Zeitreise da. Lena lässt Fellow zur Erde springen. Sie stehen im Gras, das ihnen bis zur Hüfte reicht. Um sie herum sehen sie nur Bäume.

»Wo sind wir?«, fragt Lena. Ängstlich schaut sie sich um.

»Wir sind genau da, wo wir auch vorher waren«, belehrt sie Marco.

»Du meinst also, wir stehen vor unserem Haus?« Ungläubig schaut sie Marco an.

Der verbessert sie: »Es muss heißen – wo unser Haus einmal stehen wird.«

»Was machen wir jetzt?«, will Lena wissen. »Hier können wir schließlich nicht bleiben.«

Marco zeigt mit seiner Hand in eine bestimmte Richtung. »Dort müsste die Burg stehen. Sie soll ja vor über achthundert Jahren gebaut worden sein. Und wo eine Burg ist, da gibt es auch Menschen. Vielleicht treffen wir ja schon welche unten am Bach. Denn früher haben die Menschen an Wasserläufen gewohnt, da es noch keine Wasserleitungen wie bei uns gab.«

Sie gehen in die Richtung, wo sie die Burg vermuten. Fellow läuft einige Meter vor ihnen her. Plötzlich bleibt er stehen und hält witternd den Kopf in die Höhe. Marco drückt auf seinem Heli den silbernen Knopf, um mit Fellow zu sprechen.

»Warum bleibst du stehen?« »Ich rieche Rauch und kann menschliche Stimmen hören.« »Gut gemacht, Fellow«, lobt Marco.

Vorsichtig gehen sie weiter. Als sie auf eine Lichtung kommen, sehen sie es. Unten am Bach erkennt man kleine Häuser, oder besser gesagt, alte Holzhütten. Aus einer der Hütten steigt

Rauch hoch. Marco erkennt etwa zehn dieser Hütten. In einer Umzäunung sind Hühner und Schafe zu sehen.

»Gehen wir hin?«, fragt Lena.

»Natürlich«, erwidert Marco. »Schließlich sind wir hier, um etwas über die Menschen in dieser Zeit zu erfahren.«

»Ich habe aber ein bisschen Angst.« Nur zögernd folgt Lena ihrem Bruder. Fellow ruft sie zu: »Komm her und bleib in meiner Nähe.«

Als sie nach etwa hundert Metern vor der ersten Hütte sind, hören sie plötzlich Kindergeschrei. Lena und Marco sehen, dass eine Kinderschar laut schreiend zu den Hütten läuft. Vor den Hütten bleiben sie stehen und zeigen wild gestikulierend auf Marco und Lena.

Sofort kommen einige Erwachsene aus den Hütten, um nachzusehen, weshalb die Kinder so einen Lärm machen. Dann entdecken sie die beiden mit ihrem Hund. Einige Männer verschwinden in den Hütten und kommen mit Knüppeln oder Mistgabeln wieder heraus. Sie nehmen eine drohende Haltung an. Marco und Lena bleiben stehen.

Sie sind jetzt so dicht bei den Hütten, dass sie sich verständigen können. Marco ruft: »Keine Angst – wir wollen euch nichts tun. Wir wollen euch nur besuchen.«

Langsam gehen Lena und Marco weiter. Ein älterer Mann kommt ihnen entgegen. Er fragt: »Wer seid ihr und wo kommt ihr her?« Lena, die etwas von ihrer Angst verloren hat, versucht es dem Mann zu erklären: »Wir kommen von einer sehr langen Reise. Wenn wir von euch etwas zu essen und zu trinken bekommen, geben wir euch auch schöne Geschenke.«

Der Mann geht zu den Erwachsenen zurück, um sich mit ihnen zu besprechen. Marco flüstert Lena zu: »Die glauben noch an Hexen. Hoffentlich halten sie uns nicht für verhexte

Gestalten.« Erleichtert hören sie, wie der Mann ihnen zuruft: »Kommt her und sagt uns, wer ihr seid.«

Bevor sie losgehen, sagt Marco zu Fellow: »Erzähle niemandem, dass du alles verstehst, sonst halten die dich für verhext.« »Ist in Ordnung«, brummelt Fellow.

Nachdem sie bei den Leuten angekommen sind und die neugierigen Blicke sehen, stellt Marco sich und seine Begleiter vor: »Das ist meine Schwester Lena, und das ist unser Hund Fellow. Ich heiße Marco.« »Komische Namen habt ihr«, meint der Mann. »Ich heiße Wilhelm und das ist meine Frau Grete.« Dabei zeigt er auf eine Frau, die so wie er auch schon etwas älter ist.

Von ihr werden sie freundlich eingeladen: »Kommt mit – ihr werdet nach eurer Reise bestimmt Hunger und Durst haben.«

Sie gehen in die Holzhütte, aus der Rauch aufsteigt, den Fellow gerochen hatte. Der Fußboden besteht aus Lehm. Es gibt nur einen Raum in der Hütte. In der Mitte befindet sich eine Feuerstelle. Einen Kamin gibt es nicht. Der meiste Rauch zieht durch eine Öffnung im Dach ab. Der restliche Rauch verteilt sich im Raum oder zieht durch zwei Wandöffnungen hinaus. In den Öffnungen, die als Fenster dienen, befindet sich kein Glas.

In dem halbdunklen Raum steht ein Tisch. Er ist aus groben Ästen zusammengezimmert. Als Stühle stehen abgesägte Holzstämme um den Tisch. Zwei Gestelle, in denen Strohsäcke liegen, dienen als Schlafstelle.

Aus einem primitiven Holzregal holt die Frau zwei Holzteller und stellt sie vor Lena und Marco hin. Dazu legt sie zwei Löffel, ebenso aus Holz. Fellow hat sich unter den Tisch gelegt.

Aus einem Tontopf, der über dem Feuer hängt, schöpft die Frau mit einem großen Holzlöffel einen Brei heraus und verteilt diesen auf die zwei Teller.

Etwas hilflos schaut Lena zu Marco hinüber. Der zuckt nur mit den Schultern. Dann zeigt er auf die Teller und fragt die Frau: »Was ist das?«

»Das ist Mehl und Milch mit Honig gesüßt«, antwortet sie und fragt verwundert: »Kennt ihr das nicht? Bei uns gibt es das fast jeden Tag. Wenn wir eine schlechte Ernte hatten, gibt es dann meistens nur Kraut oder Rüben. Manchmal backe ich auch Brot. Etwas anderes gibt es bei uns nicht zu essen.« »Habt ihr denn keine Kartoffeln?«, fragt Lena. »Kartoffeln«, erwidert Grete erstaunt, »was ist das? Das habe ich noch nie gehört.«

Als Grete sich wieder dem Topf über dem Feuer zuwendet, flüstert Marco seiner Schwester zu: »Kartoffeln kennen die doch noch gar nicht. Die werden erst in 300 Jahren von Kolumbus nach Europa gebracht.«

Lena schlägt sich mit der flachen Hand gegen die Stirn: »Stimmt ja, so haben wir es in der Schule gelernt – wie konnte ich nur so eine dumme Frage stellen!«

Vorsichtig probiert Marco nun etwas von dem Brei. Lena schaut ihn fragend an. Nachdem er zustimmend nickt, traut auch sie sich, davon zu kosten.

Plötzlich kommt eine Frau weinend und jammernd in die Hütte gelaufen. »Mein Kind, mein Kind«, ruft sie.

»Was ist mit deinem Kind?«, fragt Grete.

»Es fühlt sich ganz heiß an und atmet kaum noch. Ich glaube, es stirbt.«

Grete holt ein Fläschchen und einige Pflanzen aus einem Wandregal und eilt mit der Frau zu deren Hütte.

Marco und Lena sind den beiden Frauen gefolgt. Fellow haben sie gesagt, dass er hierbleiben soll. Vom Eingang aus sehen sie, wie Grete dem Kind, es ist ein Mädchen von etwa zehn Jahren, aus dem Fläschchen etwas auf die Brust tröpfelt. Die Blätter legt sie dem Kind auf die Stirn.

Nach einiger Zeit sehen Lena und Marco, wie Grete die Frau anschaut und eine hilflose Geste mit den Armen macht. Sie schüttelt mit dem Kopf, um ihr zu vermitteln, dass sie nicht mehr für ihr Kind tun kann. Weinend lässt sich die Frau auf einen Stuhl fallen und vergräbt das Gesicht in ihren Händen.

Marco geht zu Grete, die hilflos auf das Mädchen schaut, und fragt: »Dürfen wir ihr helfen?« »Ihr wollt helfen? Könnt ihr das überhaupt?«

»Ja, wir sind sicher, dass das Mädchen wieder ganz gesund wird«, sagt Lena, die inzwischen dazugekommen ist. Grete tippt der Frau auf die Schulter und sagt: »Margaretha, hier sind zwei, die deiner Elisabeth helfen wollen. Bist du damit einverstanden?«

Erst jetzt bemerkt die Frau die Anwesenheit von Lena und Marco. Erschrocken ruft sie: »Wer ist das – was haben die für komische Kleider an?«

Lena hockt sich vor die Frau hin und spricht in ruhigem Ton: »Wir befinden uns auf einer großen Reise und haben die Möglichkeit, deine Tochter wieder ganz gesund zu machen.« »Seid ihr Heiler oder vielleicht Hexer?«, fragt Margaretha und blickt ängstlich zu Grete. »Nein«, versichert Marco, »wir sind weder das eine noch das andere.«

In dem Moment röchelt Elisabeth. Ihr Gesicht verfärbt sich dunkelrot. Sie will etwas sagen, bekommt aber keinen Ton heraus.

Grete fleht Margaretha an: »Lass die beiden jetzt deiner Tochter helfen, sonst ist es zu spät.« Durch ein Kopfnicken gibt die Mutter ihr Einverständnis.

»Wir müssen aber alleine sein«, sagt Lena. Grete packt Margaretha am Arm und geht mit ihr zur Hütte hinaus. Mit ängstlichen Blicken schaut die Mutter ständig zurück.

Als sie allein mit dem Mädchen im Raum sind, fordert Lena ihren Bruder auf: »Beeile dich jetzt, sonst ist es wirklich zu spät.«

Marco nimmt sein Heli aus der Tasche, drückt die blaue Taste und kniet sich vor die Liege von Elisabeth hin. Langsam bewegt er nun sein Heli über den Körper von Elisabeth. Es dauert etwa fünf Minuten, bis das Gesicht wieder eine normale Farbe annimmt. Auch das Atmen ist jetzt wieder ruhig und regelmäßig. Lena legt ihre Hand auf Elisabeths Stirn und meint: »Ich glaube, das Fieber ist wieder gesunken.«

Nach weiteren fünf Minuten schlägt Elisabeth die Augen auf. »Was ist mit mir passiert?«, fragt sie mit schwacher Stimme.

Lena nimmt ihre Hand und sagt: »Du warst schwer krank, aber nun bist du wieder gesund.«

»Wo ist meine Mutter?«, fragt sie und schaut sich suchend im Raum um.

»Deine Mutter ist draußen vor eurer Hütte. Du kannst jetzt zu ihr gehen.«

Langsam erhebt sich Elisabeth von ihrer Liege und geht mit noch etwas wackeligen Beinen vor die Hütte.

Als die Mutter sie erblickt, fällt sie ihrer Tochter um den Hals und drückt sie ganz fest an sich.

»Au«, ruft Elisabeth, »Mutter, du tust mir ja weh.« Beide müssen lachen. Bei der Mutter ist es ein Lachen und Weinen zusammen.

Margaretha geht zu Marco und Lena, die am Eingang der Hütte stehen geblieben sind. »Wie habt ihr meine Tochter von der schweren Krankheit geheilt?«, möchte sie wissen. »Das muss unser Geheimnis bleiben«, erklärt ihr Lena. »Ist ja auch egal«, winkt die Mutter ab. »Wichtig ist, dass Elisabeth wieder gesund ist.«

Gemeinsam gehen sie zur Hütte zurück. Marco und Lena essen den restlichen Brei. Ihre Gastgeberin stellt ihnen zwei Holzbecher mit Wasser hin. Sie hat es aus einem Eimer geschöpft.

Lena fragt: »Können wir auch für unseren Hund etwas zu fressen bekommen?« »Natürlich«, erwidert Grete und stellt einen kleinen Fressnapf aus Holz mit dem gleichen Brei aus dem großen Topf vor Fellow hin.

Der ist aufgestanden, schnuppert kurz an dem Brei und legt sich, ohne etwas gefressen zu haben, wieder hin. Grete sieht es und meint bedauernd: »Leider kann ich eurem Hund nichts anderes geben.«

»Ist nicht schlimm«, beruhigt Marco sie, »wir haben in unserem Gepäck etwas für Fellow mitgenommen.«

Aus seinem Rucksack holt er eine Dose mit Hundefutter heraus. Als er Grete um einen weiteren Fressnapf bittet, nimmt sie den Napf mit dem Brei und schüttet den Inhalt in den großen Topf zurück. Nachdem sie die erstaunten Blicke der beiden sieht, erklärt sie ihnen: »Wir haben nur wenig zu essen. Deshalb wird bei uns nichts weggeworfen.«

Marco hat mittlerweile die Dose geöffnet und den Inhalt in den nun leeren Napf geschüttet.

»Was gibst du deinem Hund zu fressen?«, will Grete wissen.

»Das sind Fleischstücke mit Soße«, antwortet Marco.

»So etwas würde ich auch gerne einmal essen«, wünscht sich Grete.

»Ihr habt doch draußen Hühner und Schafe«, sagt Lena.

»Ja«, antwortet Grete, »das stimmt zwar, aber die gehören dem Fürsten und seinen Leuten. Wenn auf dem Schloss ein großes Fest gefeiert wird, kommen sie und holen die Tiere ab, um sie zu schlachten und zu essen. So eine Feier kann dann mehrere Tage dauern.«

»Dann schlachtet doch heimlich einige Tiere«, schlägt Marco vor.

»Das ist viel zu gefährlich«, erklärt Grete. »Sollte das herauskommen, würde unsere Hütte niedergebrannt. Einige haben es versucht. Jetzt haben sie nichts mehr. Das Einzige, was wir behalten dürfen, sind die Eier von den Hühnern und die Milch von den Schafen. Manchmal erlaubt uns der Fürst auch, dass wir die Wolle von einigen Schafen behalten können, um Kleidung daraus zu stricken. Für ein paar Kreuzer verkaufen wir die Eier, damit wir etwas Geld haben.«

»Gehen die Kinder in eine Schule?«, möchte Marco wissen.

»Für unsere Kinder gibt es keine Schule«, bedauert Grete. »Nur die Kinder aus reichen Familien und natürlich die des Fürsten und von seinem Hofstaat dürfen in eine Schule gehen.«

»Das ist ja furchtbar«, ärgert sich Lena.

»Ja – leider ist es so«, bedauert Grete.

Plötzlich ist das Wiehern von Pferden zu hören. Eilig laufen sie vor die Hütte und sehen fünf Reiter auf ihren Pferden sitzen. Der Anführer von ihnen ruft laut: »Alle mal zuhören! Der Sohn unseres geliebten Fürsten ist schwer erkrankt. Unser Heiler am Hofe sagt, er hätte die Pest. Er glaubt, dass der Sohn verhext wurde. Wir sollen nach einem suchen, der als Hexer infrage kommt. Hat jemand einen Verdacht, wer das sein könnte?«

»Dort«, ruft eine Frau und zeigt auf Lena und Marco. »Die haben die Elisabeth geheilt, obwohl sie wahrscheinlich auch die Pest hatte. Bestimmt haben sie die Krankheit nur aus dem Mädchen herausgezaubert und auf den Sohn unseres Fürsten übertragen.«

Ein Reiter kommt zur Hütte und bleibt vor Marco und Lena stehen. Es ist der Anführer. Er fragt: »Wer seid ihr? Stimmt das, was die Frau sagt?«

Marco geht einen Schritt vor und erklärt dem Reiter: »Wir kommen aus einem Land, wo man solche Krankheiten heilen kann. Den Sohn eures Fürsten kennen wir überhaupt nicht.«

»Wir werden euch jetzt trotzdem mitnehmen. Unser Fürst und der Heiler sollen dann entscheiden, was mit euch geschieht.«

Lena war inzwischen kurz in die Hütte gegangen und hatte aus ihrem Rucksack Feuerwerkskörper geholt. Sie stellt sich neben Marco und zeigt ihm einen Knallfrosch und ein Feuerzeug.

Marco, der sich erst wegbeamen wollte, hat jetzt etwas anderes vor. »Wir werden aber nicht mitkommen«, sagt er in einem überzeugenden Ton. Der Anführer lacht: »Dann werde ich euch dazu zwingen.« Er zieht sein Schwert aus der Scheide und will vom Pferd absteigen.

In dem Moment zündet Lena den Knallfrosch und wirft ihn vor die Pferde. Durch die Knallerei werden die Pferde so erschreckt, dass sie panikartig mit ihren Reitern davonrennen. Der Anführer, der gerade vom Pferd steigen wollte, bleibt im Steigbügel hängen und wird von seinem Pferd mitgeschleift.

Marco und Lena sehen, wie die Leute aus ihren Hütten herauskommen und sie mit fragenden, aber auch mit ängstlichen Blicken betrachten. Die Frau, von der die beiden als Hexer bezeichnet wurden, ruft: »Jetzt wird der Fürst unser Dorf niederbrennen lassen!« Und mit zornigem Blick schaut sie auf

Grete und schreit: »Und die hat diesen Hexern auch noch zu essen und zu trinken gegeben.« Elisabeth sagt zu Marco und Lena: »Ihr hättet mich nicht heilen sollen. Dann wäre unser Dorf verschont geblieben.«

Eine halbe Stunde später erscheinen drei Reiter in Ritterrüstung. Sie haben zwei gesattelte Pferde dabei.

»Jetzt brennen sie unser Dorf nieder«, schreit jemand. Fluchtartig laufen sie in ihre Hütten. Einer der Reiter ruft den Leuten zu: »Wir wollen nichts niederbrennen – wir sollen nur die beiden zum Fürsten bringen.«

»Los, steigt auf die Pferde und kommt mit«, fordert der Reiter Marco und Lena auf. Fragend schauen die beiden auf Grete. Als diese zustimmend nickt, sagt Lena zu dem Reiter: »Wir holen noch schnell unsere Sachen.«

Beide laufen in die Hütte und kommen mit ihren Rucksäcken zurück. Fellow kommt hinterhergelaufen. »Unser Hund kommt aber mit«, bestimmt Lena energisch. »Von mir aus kann der Hund mitkommen«, ist der Reiter einverstanden.

»Wie kommen wir auf die Pferde?« Hilflos steht Marco vor einem der Pferde und weiß nicht, wie er in den Sattel kommen soll. Kopfschüttelnd steigt einer der Reiter ab und hilft den beiden auf die Pferde. »Wir können aber nicht reiten«, sagt Lena. »Ihr müsst nur die Bewegung des Pferdes mitmachen«, wird ihnen gesagt. »Wir reiten auch ganz langsam.«

Als sie im Schritt aus dem Dorf reiten, Fellow folgt ihnen mit einigem Abstand, fragt Marco: »Was will der Fürst von uns?« »Das wissen wir nicht«, antwortet einer. »Wir haben nur den Auftrag, euch zum Fürsten zu bringen.«

Nachdem sie durch einen Bach und einen Berg hinaufgeritten sind, sehen sie plötzlich die Burg. »Da ist ja die Westerburg«, ruft Lena erfreut. »In unserer Zeit sieht sie fast genauso aus.« »Was redest du da für unverständliches Zeug?«, will einer der Reiter wissen. »Ach – meine Schwester plappert öfters dummes Zeug«, beruhigt ihn Marco.

Nach einer halben Stunde erreichen sie die ersten Häuser, die rund um das Schloss stehen. Die Häuser sind aus Lehmziegel gebaut. Sie sind größer als die Holzhütten im Dorf. Die Kleidung der Menschen ist aus besserem Stoff gemacht und nicht aus einfachem Leinen wie bei den Dorfleuten. Auf einem freien Platz werden Obst und Gemüse angeboten. Auch einige Stoffhändler halten ihre Ware feil. Am Rande des Platzes bietet eine Frau, in einfachem Leinengewand, Eier zum Verkauf an. Genau so, wie Grete es auch manchmal macht, denkt sich Lena.

Nachdem die fünf Reiter an den Häusern vorbei sind, geht es auf einem steilen Weg nach oben. Manchmal rutschen die Pferde auf dem steinigen Weg aus. Ängstlich hält sich Lena an den Zügeln fest. Endlich sind sie oben.

An dem großen Eingangstor des Schlosses stehen zwei Wachsoldaten. Sie sind mit Lanzen und Schwertern bewaffnet. Sie lassen die Reiter ungehindert passieren. Diese befinden sich nun im Schlosshof.

Die Reiter helfen Lena und Marco von den Pferden. Eine Frau mit einem spitzen langen Hut und einem schwarzen breiten Samtkleid kommt ihnen entgegen. Nachdem die Ritter abgestiegen sind, verbeugen sie sich. Einer der Ritter flüstert Marco und Lena zu: »Das ist die Frau des Fürsten, ihr müsst euch verbeugen.« Daraufhin machen die beiden ebenfalls eine Verbeugung, so wie die Ritter.

Die Frau ist sehr aufgeregt. Ohne lange zu zögern, fragt sie Lena und Marco: »Habt ihr drunten im Dorf ein Bauernmädchen wieder gesund gemacht?«

»Ja, das haben wir«, antwortet Marco.

»Dann kommt schnell mit. Mit unserem Sohn Heinrich geht es zu Ende. Der Heiler ist ratlos und kann ihm nicht mehr helfen.«

Marco und Lena folgen der Fürstin. Vorher sagen sie zu Fellow, dass er hier auf sie warten soll.

Sie gehen eine steile Wendeltreppe hinauf. Vor einer Tür bleibt die Fürstin kurz stehen: »Hier ist das Zimmer von meinem Sohn.« Sie geht vor den beiden hinein. An einem Bett stehen zwei Männer. Die Frau stellt sie kurz vor: »Das ist der Fürst und unser Heiler.«

Der Fürst kommt gleich auf Marco und Lena zu. In seinem Gesicht ist tiefe Besorgnis zu erkennen: »Könnt ihr meinem geliebten Sohn helfen?« »Wir werden es versuchen«, erwidert Marco. »Solltet ihr Heinrich wieder ganz gesund machen, soll es nicht zu eurem Schaden sein.« »Was geschieht mit uns, wenn wir nicht helfen können?«, möchte Lena wissen. »Darüber will ich jetzt nicht reden«, ist die Antwort. »Ich hoffe nur für euch, dass ich diese Frage nicht beantworten muss.« Etwas Bedrohliches liegt in seiner Stimme.

Sie gehen zu dem Krankenbett. Heinrich ist etwa so alt wie Marco. Sein Gesicht ist aufgedunsen und dunkelrot. Schweiß steht auf seiner Stirn. Als der Heiler die Decke wegnimmt, sind einige dunkle Flecken auf der Haut zu sehen, aus denen Blut herausläuft. Es sieht furchtbar aus. Der ganze Körper zittert. Es ist kaum noch ein Lebenszeichen zu erkennen.

Marco bittet: »Lasst uns mit Heinrich allein.« Als die drei zögernd stehen bleiben, wiederholt Lena die Bitte: »Wir können Ihrem Sohn nur helfen, wenn wir alleine sind.« »Kommt«, sagt die Fürstin. Zusammen verlassen sie das Zimmer.

»Das kann ja ganz schön gefährlich für uns werden«, ist Lena besorgt. »Keine Angst«, beruhigt Marco sie, »schließlich können wir uns im Ernstfall mit unseren Helis von hier fortbeamen.« »Daran hatte ich gar nicht gedacht«, kommt es erleichtert von Lena.

Marco hat inzwischen auf seinem Heli die blaue Taste gedrückt und sich am Bett des Fürstensohns niedergekniet. Langsam führt er das Gerät über den kranken Körper. Plötzlich kommt ein heller Ton aus dem Heli. »Was ist das?«, ruft Lena erschrocken. »Ist er …?« »Nein, er lebt noch«, sagt Marco. Er schaut auf das Display und ist erschrocken. Auf dem Display steht Energie ist zu Ende.

»Was machen wir jetzt?«, fragt Lena ängstlich. »Wir machen natürlich weiter«, bestimmt Marco. »Dein Heli wurde bis jetzt kaum gebraucht. Deshalb haben wir noch genug Energie, um Heinrich zu behandeln und uns wieder in unsere Zeit zurückzubringen. Gib mir bitte dein Heli.«

Etwas zögerlich reicht Lena Marco ihr Heli und äußert sich besorgt: »Hoffentlich handelst du richtig.«

Marco steckt sein Heli in die Hosentasche und führt nun Lenas Heli über den Körper von Heinrich. Aufmerksam beobachtet Lena das Geschehen.

»Schau mal«, ruft sie plötzlich erfreut. »Die Flecken werden immer kleiner und das Bluten hat aufgehört.« Unbeirrt macht Marco weiter. Das Gesicht von Heinrich hat mittlerweile wieder eine normale Farbe angenommen. Nach und nach hört auch das Zittern auf.

Marco schaltet das Heli ab, steht auf und schaut Lena freudig an: »Ich glaube, wir haben es geschafft«, meint er erleichtert. Ohne ein Wort zu sagen, fällt Lena ihrem Bruder um den Hals. In dieser Haltung bleiben sie einige Minuten stehen.

Plötzlich hören sie Heinrichs Stimme: »Mutter, ich habe Durst.« Er hat sich aufgerichtet. Jetzt sieht er Lena und Marco vor seinem Bett stehen. »Wer seid ihr?«, fragt er erschrocken. Ängstlich zieht er seine Bettdecke bis zum Hals. Lena fährt ihm mit ihrer Hand über sein Haar: »Wir sind gute Freunde und haben dich von einer schweren Krankheit geheilt. Du brauchst keine Angst vor uns zu haben.«

Inzwischen ist Marco zur Tür gegangen und bittet den Fürsten, die Fürstin und den Heiler, in das Zimmer zu kommen.

Als die Mutter ihren Sohn sieht, der sich wieder im Bett aufgerichtet hat, läuft sie zu ihm hin und drückt ihn fest an sich: »Ich bin ja so froh, mein Sohn, dass du wieder gesund bist.«

Der Fürst reicht Marco und Lena dankbar die Hand. Der Heiler steht etwas abseits. An seinem Gesichtsausdruck sieht man seine Enttäuschung darüber, dass nicht er, sondern Fremde den Fürstensohn geheilt haben.

Heinrich ist inzwischen aufgestanden und steht jetzt vor seinem Bett. Die Fürstin hält ihn am Arm fest, da er noch recht schwach auf den Beinen ist. Sie zeigt auf Lena und Marco: »Bei ihnen kannst du dich bedanken. Ohne sie wärst du nicht mehr gesund geworden. Wir mussten das Schlimmste befürchten.«

Langsam geht der Fürstensohn auf die beiden zu. Er reicht jedem die Hand und sagt nur kurz und knapp: »Danke für eure Hilfe.« Dann tritt er einige Schritte zurück, um seine Retter etwas genauer zu betrachten, und meint: »Es würde mich sehr interessieren, wer ihr seid, woher ihr kommt und welche seltsame Kleidung ihr trägt. Außerdem möchte ich gerne wissen, wieso ihr mich von einer Krankheit heilen konntet, bei der selbst unser bester Heiler versagte.«

Sein Blick geht hinüber zu dem Heiler, der mit hängendem Kopf zu Boden schaut. Hilflos zuckt dieser mit den Schultern. Leise murmelt er: »Ich habe ja alles Erdenkliche versucht – doch nichts hat geholfen.«

Die Fürstin fordert ihren Sohn auf, in die Küche zu gehen, um sich von der Köchin Essen und Trinken geben zu lassen. Auch Lena und Marco bittet sie mitzugehen.

Doch Lena möchte erst lieber nach Fellow schauen. »Ist in Ordnung«, stimmt die Fürstin zu, »dann kommt ihr halt etwas später. Bestimmt seid auch ihr hungrig und durstig.«

»Ich habe auch noch mein Versprechen einzulösen«, erwähnt der Fürst. »Dann treffen wir uns am besten in einer Stunde in meinem Zimmer«, schlägt Heinrich vor.

In dem Moment ist ein heller, lauter Ton zu hören. Er kommt aus dem Heli in Marcos Hosentasche. Alle halten in ihren Bewegungen inne und schauen zu Marco. Der holt das Heli hervor, um nachzuschauen. »Was ist?«, fragt Lena aufgeregt.

Nachdem Marco gelesen hat, was auf dem Display steht, sagt er: »Es ist Helion. Er will mit uns reden. Ich soll alle vier Tasten drücken, um die Verbindung herzustellen.«

»Dann mach es doch«, fordert ihn Lena auf. Marco schaut auf die Anwesenden, die ihn gespannt beobachten. Dann drückt er alle vier Tasten. Nach einer Weile ist die Stimme von Helion zu hören: »Hallo Marco – wie geht es dir und deiner Schwester?«

»Uns geht es gut – ich hoffe, bei dir ist auch alles in Ordnung.«

»Bei mir schon«, antwortet Helion. »Ich sehe aber auf meinem Computer, dass die Energie von deinem Gerät aufgebraucht ist. Ich kann auch sehen, dass ihr euch in eine andere Zeit begeben habt. Habt ihr denn in eurem zweiten Gerät noch genügend Energie, um wieder in eure Zeit zurückzukommen?«

»Ich hoffe es«, erwidert Marco, »aber genau weiß ich es nicht.«

Jetzt ist wieder Helion zu hören: »Um sicher zu sein, werde ich dein Gerät, das ihr Heli nennt, wieder mit Energie aufladen. Lege es auf den Boden und gehe ein paar Schritte zurück.«

Marco tut wie geheißen. Voller Spannung blickt er danach auf sein Gerät.

Plötzlich erfasst ein heller Lichtstrahl das Heli. Der ganze Raum wird in grelles Licht gehüllt. Die Fürstenfamilie und der Heiler schauen dem Geschehen mit Fassungslosigkeit zu. Ängstlich weichen sie bis zur Wand zurück. Das Ganze dauert nur etwa zehn Sekunden – dann ist der Lichtstrahl wieder verschwunden.

Marco nimmt sein Heli in die Hand. Auf dem Display sieht er das Gesicht von Helion.

»Hallo Helion«, ruft er. »Ist mein Heli jetzt mit Energie geladen?«

»Ja«, ist die Antwort. »Dein Heli ist nun wieder voll einsatzbereit. Du kannst jetzt sicher in deine Zeit zurückkreisen.«

Bevor sich Marco bedanken kann, ist Helion vom Display verschwunden.

Mit ausgestrecktem Arm, das Heli in der Hand, geht Marco zum Fürsten. »Das ist ein Geschenk von Helion«, erklärt er. »Helion ist ein Freund von uns. Er lebt auf einem Planeten, der weit von der Erde entfernt ist. Mit diesem Gerät hier konnten wir deinen Sohn von der schweren Krankheit heilen.«

In dem Moment meldet sich der Heiler zu Wort: »Du sagst also, dass dieses Ding, das du Heli nennst, nicht von der Erde ist.«

»Ja, so ist es«, bestätigt Marco.

»Das ist ja unglaublich!«, ereifert sich der Heiler. »Nach den Gesetzen unserer Priester, Richter und Gelehrten ist die Erde Mittelpunkt von allem. Sonne, Mond und Sterne drehen sich um unsere Erdscheibe. Es gibt sonst kein Leben.«

Marco sieht, wie der Fürst zustimmend nickt. Lena schaut ängstlich von einem zum anderen. Sie ahnt nichts Gutes. Fellow, den sie inzwischen von draußen geholt hat, sitzt neben ihr.

Heinrichs Blicke wandern abwechselnd zwischen seinem Vater und Marco hin und her. Er kann keinen klaren Gedanken fassen. Einerseits ist er durch wundersame Weise geheilt worden, andererseits sind die Aussagen von Marco mit ihren Gesetzen nicht vereinbar.

Marco wendet sich an den Fürsten: »Darf ich etwas zur Klärung sagen?« Durch ein leichtes Kopfnicken stimmt der Fürst zu. Marco weiß nicht so recht, wie er anfangen soll. Dann beginnt er: »Dort, wo wir herkommen, herrschen andere Gesetze. Wir wissen, dass die Erde keine Scheibe, sondern eine Kugel ist. Sie macht am Tag eine Umdrehung. Während eines Jahres fliegt sie, mit dem Mond zusammen, um die Sonne. Deshalb gibt es Tag und Nacht sowie die vier Jahreszeiten. Die Sterne, die man als kleine Lichter sieht, sind auch Sonnen. Viele davon sind sogar größer als unsere Sonne. Nur weil sie weit weg sind, sieht man sie als kleine Lichter am Himmel. So, wie die Erde ein Planet ist, haben diese Sonnen ebenfalls Planeten. Auf einem dieser Planeten lebt unser Freund Helion. Von ihm haben wir diese Geräte als Geschenk erhalten, weil wir ihm aus einer schwierigen Lage geholfen haben.«

Während Marco zum Fürsten sprach, fuchtelte der Heiler mit seinen Armen wild umher. Jetzt hält ihn nichts mehr. Mit zornigen Blicken hat er Marcos Rede verfolgt. Die Arme in die Hüften gestemmt, stellt er sich vor den Fürsten hin: »Mein Fürst, ich muss heftig protestieren. Ich verlange, dass diese beiden wegen Zauberei, Hexerei und Gotteslästerung vor ein Gericht gestellt werden. Du musst sie so lange in den Kerker werfen, bis sie von einem Gericht verurteilt werden. Das Urteil kann nur lauten – Tod durch Verbrennung auf dem Scheiterhaufen.«

Mit einem gellenden Schrei bricht Lena zusammen. Tränenüberströmt wendet sie sich an die Fürstin: »Ist das etwa der Dank dafür, dass wir euren Sohn vor dem sicheren Tod bewahrt haben? Ich kann es einfach nicht fassen!«

Die Fürstin geht zu ihrem Mann. Auch Heinrich kommt dazu. Die drei sprechen so leise miteinander, dass man nichts versteht. Nach einer Weile sagt der Fürst zu den beiden Geschwistern: »Ihr werdet nicht im Kerker eingesperrt, sondern könnt mit meinem Sohn auf sein Zimmer gehen. Ihr verlasst das Zimmer aber nicht, bevor ein Gerichtsurteil gefällt ist. Damit ihr auch im Zimmer bleibt und nicht flüchtet, werden Wachen aufgestellt.«

Marco stellt sich entschlossen vor den Fürsten: »Ich bin enttäuscht darüber, dass wir für unsere Hilfe auch noch unsere Freiheit verlieren sollen. Wir hätten uns gerne mit deinem Sohn unterhalten – aber als freie Bürger. Da dieses nach euren Gesetzen aber nicht möglich ist, werden wir jetzt hier aus dem Raum verschwinden. Keiner wird uns daran hindern können.«

Der Fürst ruft nach Wachen. Sofort stehen zwei Männer in Rüstungen am Türeingang. »Nehmt die beiden fest«, ruft der Fürst, »und bringt sie in Heinrichs Zimmer. Dort werden sie so lange bewacht, bis das Gericht ein Urteil gefällt hat.«

Die beiden Männer gehen auf die Geschwister zu. Marco hat schon den roten Knopf auf seinem Handy gedrückt und leise den Befehl eingegeben: »Zurück ins Dorf«. Lena hat sich zu Fellow gebeugt und streichelt ihm den Kopf. Mit der anderen Hand erfasst sie Marcos Bein.

Als die Wachen die drei fast erreicht haben, drückt Marco den grünen Knopf. Im selben Moment sind sie nicht mehr zu sehen. Die Wachen schauen ungläubig auf sie Stelle, wo die drei eben noch standen. »Was war das denn jetzt, wo sind die hin?«, wundert sich eine der Wachen. Verständnislos schaut der Mann den Fürsten an. »Geht wieder zurück auf eure Posten«, ruft der Fürst wütend. Achselzuckend verschwinden die Wachen wieder.

»Ich habe doch gleich gesagt, dass es Zauberer und Hexer sind«, meldet sich der Heiler wieder zu Wort. »Das glaube ich nicht«, erwidert Heinrich. »Auf mich haben sie einen freundlichen und ehrlichen Eindruck gemacht. Gerne hätte ich mich mit ihnen unterhalten, um mehr von ihnen zu erfahren, aber leider sind sie jetzt fort.«

Inzwischen sind Lena, Marco und Fellow im Dorf angekommen. Sie stehen vor dem Haus von Grete. Da hören sie vom Nachbarhaus jemanden rufen: »Schön, dass ihr wieder da seid.« Elisabeth sitzt vor ihrer Hütte auf einer Bank, ruft und winkt ihnen zu. Sie gehen zu ihr hin, um sie zu begrüßen. Elisabeth ist aufgestanden. Etwas verlegen sagt sie: »Entschuldigt bitte, dass ich mich noch nicht bei euch bedanken konnte.« »Geht schon in Ordnung«, beruhigt Marco sie, »Hauptsache, dir geht es wieder gut.«

»Was wollten eigentlich die Ritter von euch?«, möchte Elisabeth wissen. Dabei schaut sie die beiden ängstlich an.

Lena erklärt ihr: »Der Fürstensohn war ebenfalls schwer krank. Wir wurden geholt, damit wir ihn heilen.«

»Und – konntet ihr ihm helfen?«

»Ja, er ist wieder völlig gesund«, erwidert Marco.

»Dann bin ich ja beruhigt.« Man sieht Elisabeth deutlich die Erleichterung an.

»Ihr scheint ja richtig Angst vor dem Fürsten und seinen Leuten zu haben«, stellt Lena fest.

»Ja, so ist es«, bestätigt Elisabeth. »Manchmal ist es ganz schlimm. Wenn jemand kein Geld hat, um die Steuern zu bezahlen, oder zu wenig Feldfrüchte abgeben kann, wird er mit in die Stadt genommen und an den Pranger gestellt. Dann wird er von den Leuten beschimpft und ausgelacht.«

»Das ist ja furchtbar.« Lena ist richtig schockiert.

Nach einer Weile des Schweigens sagt Marco entschlossen: »Ich habe eine Idee, wie wir dieses Unrecht abschaffen können.«

»Was hast du vor?«, fragt Lena.

»Ganz einfach«, gibt sich Marco sicher, »ich werde mit dem Fürsten reden, damit dieses Unrecht ein Ende hat.«

Elisabeth schaut ängstlich zu Marco: »Hoffentlich machst du nicht alles noch schlimmer, als es schon ist. Wenn du den Fürsten verärgerst, kann es sein, dass seine Ritter kommen und unser ganzes Dorf niederbrennen.«

»Mach dir keine Sorgen«, beruhigt Marco sie, »das wird nicht geschehen.«

Lena schaut sich um und ist erstaunt, dass niemand im Dorf zu sehen ist. »Wo sind die Leute?«, will sie wissen. »Kinder sehe ich auch keine.«

»Sie sind bei der Feldarbeit«, erklärt Elisabeth. »Nur die Frauen mit kleinen Kindern dürfen zu Hause bleiben. Sie versorgen die Kleinen und bereiten das Essen vor – falls etwas zu essen da ist.«

Marco fährt mit der Hand über seinen Bauch: »Da wir gerade vom Essen reden – ich verspüre einen gewaltigen Hunger.«

»Leider kann ich euch nur etwas Hirsebrei anbieten«, bedauert Elisabeth. Lena öffnet den Rucksack und holt eine große Dose mit einer Eintopfsuppe hervor. »Wir haben unser Essen mitgebracht«, erklärt sie Elisabeth. Lena reicht ihr die Dose: »Hier kannst du lesen, was alles in der Dose ist.« Mit einem traurigen Blick schaut Elisabeth zu Lena: »Ich kann nicht lesen«, erwidert sie und gibt die Dose wieder zurück.

»Tut mir leid«, entschuldigt sich Lena, »ich hatte vergessen, dass ihr keine Schule besuchen könnt.«

Marco fragt: »Können wir einen Topf mit heißem Wasser haben, um damit den Inhalt der Dose zu erhitzen?«

»Natürlich, kommt mit.« Elisabeth geht in die Küche und zeigt auf die Feuerstelle. »Dort in dem Topf ist heißes Wasser.«

Mit seinem Dosenöffner entfernt Marco den Deckel und stellt die Dose ins heiße Wasser.

»Gib drei Teller und Löffel auf den Tisch«, bittet Lena; »dann kannst du mit uns essen. Inzwischen werde ich Fellow ebenfalls etwas zu fressen und zu trinken geben.« Sie lässt sich von Elisabeth ein Schälchen mit frischem Wasser geben. Draußen hat es sich Fellow unter der Bank gemütlich gemacht.

Lena holt aus dem Rucksack ein Päckchen mit Hundekuchen und füttert damit Fellow. Nachdem ihr Hund auch getrunken hat, geht sie wieder in die Küche.

Mittlerweile ist die Suppe heiß. Marco nimmt einen Lappen, holt die Dose aus dem Wasser und verteilt den Inhalt gleichmäßig auf die drei Teller.

»Was ist das?«, fragt Elisabeth. »Das ist Linseneintopf mit Würstchen«, erklärt ihr Lena

Nach dem Essen ist Elisabeth begeistert: »So etwas Gutes habe ich noch nie gegessen.«

Nachdem sie aufgeräumt haben, gehen sie wieder nach draußen. Marco gibt Elisabeth die Hand und sagt: »Wir werden uns jetzt verabschieden. Für die Zukunft wünsche ich dir alles Gute. Du wirst sehen, dass es euch hier im Dorf bald besser gehen wird.«

Lena gibt Elisabeth zum Abschied ebenfalls die Hand: »Ich wünsche dir, dass du dich schnell von der schweren Krankheit erholst und wieder vollkommen zu Kräften kommst.«

Elisabeth fällt Lena um den Hals und drückt sie ganz fest an sich. In ihren Augen schimmern ein paar Tränen.

»Wir sehen uns bestimmt irgendwann wieder«, ist Marco überzeugt. Er ruft Fellow, der unter der Bank geschlafen hat. Bevor sie hinter einer Biegung verschwinden, winken sie sich noch einmal zu.

Nachdem sie allein sind, kann Lena ihre Neugier nicht mehr bremsen: »Wie willst du dich mit dem Fürsten unterhalten? Wenn der uns sieht, ruft er bestimmt wieder seine Wachen, um uns einzusperren.«

»Mach dir keine Sorgen«, beruhigt Marco sie. »Ich habe mir genau überlegt, was ich ihm sagen werde.«

Marco nimmt sein Heli und gibt als Ziel den Schlosshof ein. Dann drückt er die grüne Taste. Im gleichen Moment stehen die drei im Schlosshof. Es ist niemand zu sehen.

Zu Fellow gewandt bestimmt Marco: »Du bleibst hier und wartest auf uns. Damit du dich verständigen kannst, wenn irgendwelche Probleme entstehen, gebe ich dir jetzt die menschliche Sprache. Ich hoffe nur, dass du damit keinen Unsinn anstellst.«

Nachdem Marco die silberne Taste gedrückt hat, brummelt Fellow: »Ich werde mir hier ein ruhiges Plätzchen suchen und etwas schlafen.«

»Das machst du ja sowieso am liebsten«, schmunzelt Lena.

Während Fellow sich einen Platz zum Schlafen sucht, gehen Lena und Marco die Treppe hoch, die zum Zimmer von Heinrich führt.

Gerade als sie die Tür öffnen wollen, kommt ihnen eine Frau aus Heinrichs Zimmer entgegen. Sie hat ein langes braunes Kleid an. Als Kopfbedeckung trägt sie eine weiße Haube. Beim Anblick der Geschwister fällt ihr vor Schreck beinahe das Geschirr aus den Händen. Eilig entfernt sie sich. Dabei schaut sie immer wieder ängstlich zurück.

Lena und Marco gehen ins Zimmer. Heinrich sitzt an einem Tisch und liest in einem Buch. Als er die beiden sieht, springt er erfreut auf: »Schön, dass ihr mich besucht. Ich befürchtete schon, euch nie wieder zu sehen. Wo wart ihr denn plötzlich hin verschwunden?«

»Wir waren drüben im Dorf und haben uns mit Elisabeth unterhalten«, verrät ihm Marco. »Wir haben Dinge erfahren, über die wir gerne mit dem Fürsten gesprochen hätten.«

»Haben euch die Wachen nicht aufgehalten?«, will Heinrich wissen.

»Die haben wir erst gar nicht gefragt«, erwidert Lena.

Verwundert betrachtet Heinrich die beiden und meint dann: »Ihr seid etwas Besonderes. Ihr kommt und geht, wie ihr wollt, habt mich von einer schweren Krankheit geheilt und behauptet, dass die Erde eine Kugel ist. Eure Kleidung ist mir völlig fremd. Ich spüre, dass ihr keine Zauberer oder Hexer seid –

verspüre auch keine Angst. Wer seid ihr aber nun wirklich und woher kommt ihr?«

Lena und Marco schauen sich etwas ratlos an. Schließlich meint Marco: »Wo wir herkommen, ist ganz einfach. Wir stammen drüben aus dem Dorf, aber wer wir sind, ist nicht einfach zu erklären.«

Ungläubiges Staunen ist in Heinrichs Gesicht zu sehen: »Warum hat man dann von euch noch nie etwas gehört oder gesehen?«

»Ich will versuchen, es dir begreiflich zu machen«, beginnt Marco. »Solltest du es nicht begreifen oder nicht glauben, was ich dir jetzt sage, hätte ich volles Verständnis dafür. In eurer Zeit ist das eigentlich unmöglich zu verstehen.«

»Was heißt in eurer Zeit?«, unterbricht Heinrich. »Gibt es für euch eine andere Zeit?«

»Genau so ist es«, bestätigt Marco. »Wir sind aus einer anderen Zeit. Genauer gesagt, kommen wir aus einer Zeit, die hier erst in achthundert Jahren sein wird. Mit diesem Gerät«, dabei nimmt er sein Heli aus der Hosentasche, »können wir durch die Zeit reisen. Die Geräte hat uns unser Freund Helion geschenkt.«

Heinrich sitzt da und schüttelt nur ungläubig mit dem Kopf. Dann sagt er: »Wenn ihr das unserem Richter oder Bischof sagen würdet, kämt ihr als Ketzer und Gotteslästerer auf den Scheiterhaufen.«

Da kommt Marco auf eine Idee: »Wenn du willst, zeige ich dir, was man mit dem Gerät so alles machen kann.«

Nach kurzem Zögern zeigt sich Heinrich einverstanden: »Gut, ich vertraue dir.«

»Wohin möchtest du?«, will Marco wissen.

»Ich war schon lange nicht mehr auf dem Marktplatz in der Stadt«, erwidert Heinrich.

»Lena, wir sind gleich wieder zurück«, sagt Marco zu seiner Schwester. »Kannst ja mal in der Zwischenzeit nach Fellow schauen, was der so macht.«

Dann gibt er die Adresse in sein Heli ein, ergreift Heinrichs Hand und drückt auf den grünen Knopf. Im selben Moment stehen die beiden mitten auf dem Marktplatz.

Vor Staunen reißt Heinrich Mund und Augen auf. Mit den Händen fährt er über seinen Körper, so, als wolle er prüfen, ob noch alles an ihm dran ist. »Bin ich jetzt verzaubert oder verhext?«, bringt er nur mühsam hervor.

»Nein, nein«, lacht Marco, »du bist noch der Gleiche wie vorher.« Freundschaftlich klopft er Heinrich auf die Schulter. »Glaubst du nun, dass meine Schwester und ich aus einer anderen Zeit kommen?«

»Mir bleibt ja wohl nichts anders übrig, das zu glauben«, erwidert Heinrich, noch immer etwas ratlos dreinblickend.

Marco fasst ihn am Arm: »Komm, wir wollen schauen, was hier so alles angeboten wird.« Sie gehen an Verkaufsständen vorbei, an denen Eier, Obst, Gemüse und Stoffe feilgeboten werden. An anderen Verkaufsständen kann man geflochtene Körbe und Geräte für die Landwirtschaft kaufen.

Als sie an einen Stand kommen, an dem Schafwolle ange-boten wird, erkennt Marco die Frau, die Lena und ihn als Hexen bezeichnet hatte. Marco dreht sich schnell herum, um nicht von der Frau gesehen zu werden. Doch sie hat ihn schon erkannt. Laut ruft sie: »Dort ist einer von den Hexern! Haltet ihn fest und sperrt ihn in den Kerker!« Ein Mann schreit: »Er hat den Sohn unseres Fürsten bei sich. Bestimmt will er ihn entführen oder verhexen.«

Im Nu hat sich ein Kreis um die beiden gebildet. Mit drohenden Gebärden kommen sie immer näher an die beiden heran. Einige haben lange Stöcke in der Hand. Ein Junge schwingt mit einer Peitsche.

Marco findet keine Zeit mehr, die Adresse des Schlosses in sein Heli einzugeben. Als ein kräftiger Mann mit seinem Stock zuschlagen will, drückt Marco blitzschnell auf den gelben Knopf auf seinem Heli.

Im selben Moment bleiben die Leute wie angewurzelt stehen. Keiner bewegt sich mehr.

Marco fasst den ungläubig um sich blickenden Heinrich an der Hand und zieht ihn durch eine Lücke der erstarrten Menschen hinter sich her. Nach fünfzig Metern bleiben sie stehen.

»Was hast du mit den Leuten gemacht?«, fragt Heinrich und schaut dabei etwas ängstlich zu Marco.

»Ich habe nur für sie einen Moment die Zeit angehalten.« Marco sagt es so, als wäre es das Einfachste von der Welt.

»Bleiben die jetzt für immer so stehen?«, will Heinrich wissen. »Natürlich nicht«, beruhigt ihn Marco. »Gleich wirst du sehen, was passiert.«

Nachdem er die Adresse des Schlosses eingegeben hat, sagt er in spaßigem Ton: »Jetzt machen wir sie wieder lebendig.« Er drückt die gelbe Taste. Im selben Moment löst sich die Starre der Menschen. Der kräftige Mann, der mit einem Stock auf Marco einschlagen wollte, hält mitten in seiner Bewegung inne. Ungläubig blickt er auf die Stelle, wo eben noch Heinrich und Marco standen.

»Hier sind wir!«, ruft Marco und winkt den Leuten zu. Sofort rennen die Menschen mit drohenden Gebärden in Richtung der beiden los. Ängstlich stellt sich Heinrich hinter Marco.

»Was machen wir jetzt? Komm, wir laufen weg. Ich habe Angst.«

»Das brauchst du nicht«, beruhigt ihn Marco. Er nimmt Heinrichs Hand und drückt die grüne Taste. Im gleichen Moment stehen sie mitten auf dem Schlosshof.

»Das fasse ich alles nicht.« Heinrich ist von dem Erlebten völlig verwirrt. »Wie ist so etwas möglich?! Bin ich etwa immer noch krank und träume das alles nur?«

Marco legt seinen Arm um Heinrichs Schulter: »Du hast nicht geträumt. Mir war von Anfang an klar, dass du das Geschehene nicht begreifen kannst. Erzähle es auch bitte niemandem weiter. Es würde dir sowieso kein Mensch glauben.«

»Das werde ich bestimmt nicht tun«, versichert Heinrich. »Ich will doch nicht für verrückt erklärt werden.«

Plötzlich stehen Lena und Fellow bei ihnen. »Na, wie hat dir der Ausflug zum Marktplatz gefallen?«, wendet sich Lena an Heinrich. Der weiß nicht, was er antworten soll. Hilflos hebt er nur die Arme.

Statt seiner antwortet Marco: »Heinrich denkt, dass er den Ausflug nur geträumt hat.«

»Das glaube ich ihm gerne«, zeigt sich Lena verständnisvoll.

Marco fragt Fellow: »Was hast du die ganze Zeit gemacht?«

»Die meiste Zeit habe ich geschlafen«, erwidert Fellow. »Als eine Magd über den Hof ging, habe ich nur gefragt, ob sie mir etwas Wasser geben könnte. Da ist sie erst in Ohnmacht gefallen und anschließend schreiend davongelaufen. Jetzt habe ich immer noch Durst.«

Als Heinrich hört, wie Marco sich mit Fellow unterhält, ist es mit seiner Fassung endgültig vorbei. Er fasst sich mit beiden Händen in die Haare und stammelt nur: »Mir reicht es jetzt. Ich gehe auf mein Zimmer und will nichts mehr hören und sehen.«

Bevor Heinrich die Treppe zu seinem Zimmer hochrennt, ruft Marco ihm nach: »Richte bitte dem Fürsten aus, dass wir ihn dringend sprechen möchten.« »Geht in Ordnung«, ist die knappe Antwort; dann ist Heinrich hinter seiner Tür verschwunden.

»Hoffentlich habe ich ihm nicht zu viel zugemutet«, ist Marco etwas besorgt. »Ich glaube nicht«, ist Lena überzeugt. »Wenn wir nicht mehr hier sind, wird er irgendwann glauben, dass er doch nur alles geträumt hat.«

Ein Diener kommt ihnen entgegen: »Der Fürst lässt bitten.« Mit einer Handbewegung deutet er an, dass sie ihm folgen sollen. »Der Hund muss aber hierbleiben«, ordnet er an. Dann führt er sie durch einen langen, schmalen Gang. Der Fußboden besteht aus roten Steinplatten, in die schöne Ornamente eingearbeitet sind. An den Wänden hängen zahlreiche Gemälde von Personen in wunderschönen Kleidern.

»Das sind sicher die Vorfahren des Fürsten«, wispert Lena zu Marco. Am Ende des Gangs befindet sich eine große Tür. Der Diener öffnet sie und bittet die beiden hineinzugehen.

Der Fürst sitzt hinter einem großen, mit vielen Verzierungen und Schnitzereien versehenen Tisch. An den Fenstern hängen große seidene Vorhänge.

Argwöhnisch betrachtet der Fürst die Geschwister. Ihm ist es ein Rätsel, wie die beiden einfach verschwinden konnten, als er sie festnehmen lassen wollte. »Was führt euch zu mir?«, eröffnet er das Gespräch.

»Du hast uns doch versprochen, dass es nicht zu unserem Schaden sein soll, wenn wir deinen Sohn wieder gesund machen«, erwidert Marco.

Nach kurzer Überlegung meint der Fürst: »Nun gut – ich werde mein Versprechen halten. Was verlangt ihr von mir?«

Jetzt meldet sich Lena zu Wort: »Wir selbst wollen gar nichts haben. Den Menschen drüben im Dorf soll es besser gehen. Sie haben kaum etwas zu essen. Viele sind krank und müssen sterben, weil sich kein Heiler um sie kümmert. Anstatt die Kinder in die Schule zu schicken, wie das bei den Reichen der Fall ist, müssen sie hart auf den Feldern arbeiten. Wovon sollen die Leute Steuern zahlen, wenn sie fast alles abgeben müssen?« Lena hat sich so in Rage geredet, dass ihr Gesicht rot angelaufen ist.

An den Fürsten gewandt fügt Marco noch hinzu: »Irgendwann kommen wir wieder, um zu sehen, ob es den Menschen besser geht.«

»Was wird sein, wenn das, was ihr von mir verlangt, nicht erfüllt wird?«, fragt der Fürst. Er ist aufgestanden und stemmt mit drohender Haltung seine Arme auf den Tisch.

Marco nimmt sein Heli aus der Hosentasche und hält es dem Fürsten entgegen: »Hier in diesem Gerät haben wir die Krankheit deines Sohnes gefangen. Sollte es den Menschen im Dorf nicht besser gehen, werden wir die Krankheit wieder aus diesem Gerät herauslassen. Was das für deinen geliebten Sohn bedeutet, kannst du dir ja denken.«

Marco und Lena gehen zur Tür. Bevor sie das Fürstenzimmer verlassen, dreht sich Marco noch einmal herum: »Ich habe noch eine Bitte. Wie wir im Dorf gehört haben, hat ein Mann mit dem Namen Wilhelm Rode mitgeholfen, das Dorf zu gründen. Deshalb möchte ich, dass der Ort den Namen Willmenrod erhält.«

Ohne auf eine Antwort zu warten, gehen Marco und Lena durch den langen Gang nach draußen. Freudig werden sie von

Fellow begrüßt. »Jetzt geht es wieder ab nach Hause«, flüstert Lena ihm ins Ohr. Zustimmend meint Marco: »Ja, ich möchte wieder etwas Gutes essen und trinken. Außerdem freue ich mich auf ein weiches Bett, um mich vom Leben im Mittelalter zu erholen.«

Er gibt sorgfältig das Jahr und die Uhrzeit ein. Lena hat Fellow auf den Arm genommen. »Seid ihr bereit?«, will Marco wissen. »Von mir aus kann es losgehen. Marco erfasst ihre Hand und drückt den grünen Knopf.

Wieder sehen sie Bäume wachsen und wieder umfallen. Auch den Wechsel zwischen Tag und Nacht erkennen sie wieder nur an kurzen Lichtblitzen.

Dann stehen sie endlich auf ihrer Terrasse.

Erstaunt stellt die Mutter fest: »Da seid ihr ja schon wieder. Das war aber ein kurzer Ausflug.« Lena nimmt ihren Rucksack ab und lässt sich müde auf einen Stuhl sinken: »Für mich war der Ausflug lange genug. Viel länger hätte ich nicht bleiben wollen.« Zustimmend nickt Marco.

»War es so anstrengend?«, will die Mutter wissen. »Anstrengend und manchmal auch ein bisschen gefährlich«, gibt Marco zu.

Nachdem Lena und Marco etwas gegessen und getrunken haben, gehen sie auf ihre Zimmer, um sich erst einmal richtig auszuschlafen. Auch Fellow legt sich, nachdem er seinen Napf geleert hat, in sein Körbchen.

Leise spricht die Mutter vor sich hin: »Die müssen ja allerhand erlebt haben, wenn sie so fertig sind.«

Als sie am nächsten Morgen beim Frühstück sitzen, kann die Mutter ihre Neugier nicht mehr verbergen: »Bis jetzt habe ich von eurer Reise ins Mittelalter noch nichts erfahren. Seid ihr überhaupt da gewesen?«

»Natürlich waren wir da«, berichtet Lena. Wenn wir alles erzählen wollten, kämen wir zu spät in die Schule. Heute Abend werden wir dir und Vater ausführlich darüber berichten.«

»Wenn ihr so viel erlebt habt, braucht Marco vor dem heutigen Referat über das Mittelalter keine Angst mehr zu haben«, ist die Mutter überzeugt. »Das denke ich auch«, stimmt Lena zu.

Am Abend berichten die beiden ihren Eltern über die Ereignisse, die sich hier bei ihnen im Dorf vor achthundert Jahren zugetragen haben. Als sie geendet haben, sagt Marco: »Ich muss euch noch etwas sagen. Eben habe ich von Helion eine Nachricht bekommen.« Gespannt und neugierig will Lena wissen: »Was hat er geschrieben? – Los, erzähl schon!«

»Er will, dass wir wieder ein ganz normales Leben führen«, erzählt Marco. Deshalb hat er die Energie für ein Jahr in unseren Helis abgeschaltet.«

Nach einer Weile des Schweigens äußert sich der Vater: »Ich denke, Helion hat recht. Ihr müsst euch wieder auf euch selbst konzentrieren und nicht zu sehr auf eure Helis verlassen. Helion geht euch ja nicht verloren. In einem Jahr könnt ihr wieder Verbindung zu ihm aufnehmen.«

Lena und Marco nicken zustimmend.

Am nächsten Tag kommt Marco freudestrahlend aus der Schule nach Hause und berichtet ganz stolz: »Der Lehrer hat mich vor versammelter Klasse besonders gelobt. Er sagte, dass er bei meinem Vortrag das Gefühl hatte, als wäre ich persönlich im Mittelalter dabei gewesen. Wenn der wüsste …«

Fröhlich pfeifend nimmt Marco seine Schultasche und ist kurz darauf in seinem Zimmer verschwunden.